诞世 ——— 著

看见金字塔尖上的人

我 给 亿 万 富 豪 当 助 理

河南文艺出版社

·郑州·

愿你拥有做自己的能力与勇气，以及夜晚为全世界放烟火的浪漫。

——题记

目　录

我在入职以前，自以为身家百亿级的人物都是醉生梦死、贪生怕死之流，只知道腆着个肚子，在安保人员的簇拥下，吃吃喝喝谈谈恋爱，简直死不足惜。从没想过，这种身家的人会有梁先生这样的体魄与身手。

我们的报销制度可以简单粗暴地概括为八个字：不限标准，全额报销。

当我向别人抱怨工作劳累时，那些人只会觉我不知好歹，不知感恩。但任何抛开辛苦程度谈薪资待遇的行为都是不道德的。

十一 世界上最会吃的人 150

胖胖还爱吃海鲜，尤其是大西洋的一种螺。这道菜的做法是从鲜活的海螺中取曲奇饼大小、手掌厚度的螺肉，然后用固定温度的龙虾清汤不断浇在螺肉上，再点一滴虾酱。滴虾酱的器皿和实验室所用的滴管一样精细，力求把量控制在最佳水平。

十二 "软饭男"的杀手铜 164

这几位高管是我的前车之鉴。他们认为肖先生依靠外表，凭借花言巧语讨得了胖胖的欢心，只是一个"软饭男"罢了，不足为惧。

可是，老天爷就是这么偏心，他不仅给了肖先生外表，还给了肖先生智商，就连情商也没落下。

十三 让孩子每晚坐在院子里陪星星聊天

190

肖先生很重视对猪仔感官的培养。他常常陪着猪仔听海浪漫过石沙的声音，听雨水敲打万物的声响，听风吹树叶的声息。只要肖先生一有时间，就会陪着猪仔感知世间万物，甚至专门搭建了植物园，种植桂花树，只为闻一闻桂花香。

　　钱在哪儿不能赚呢？赚多少算够呢？连续的几次升职我都只有在得知结果的那一刻最开心，往后便陷入更深的深渊。

一 我的老板身家百亿

山峰耸立,万仞映雪。

梁先生站在峭壁之上,轻轻一蹬向空中飞去,空气中好像有魔力在托举着他的身子,他向左一歪,恰似一只老鹰贴壁掠过。忽然,他大角度转弯,在蓝天的映衬下,像一片落叶扎进高低起伏的雪海。我身边的同事们开始忙碌,协助教练团队记录梁先生翼装飞行的数据。我混在其中,滥竽充数,不敢多言。

上次在澳洲西部,我陪同梁先生冲浪的教训还历历在目。那时,我面对卷在印度洋滔天巨浪里的梁先生,傻乎乎地问同事:"我不会游泳,可以玩冲浪吗?"同事们纷纷表示可以,他们信誓旦旦,我深以为然,并盘算工作结束后也下海试试。谁料,我与同事们的对话,被戴着耳麦的梁先生听到了。他登艇后,第一件事就是找到我,认真地告诉我冲浪的注意事项:"下辈子会游泳了再下水。"

从此,我改掉了小声嘀咕的毛病,只在心里骂骂咧咧。

这次,梁先生玩的翼装飞行,看起来比往日里的冲浪、帆船、攀冰、滑野雪、MMA格斗都更加凶险。尽管他已有上百次低空翼装飞行的经验,每年在这方面投入的训练费用更是高达300万美金,但我还是忍不住屏息凝气,直到教练们的欢呼声在我的耳边响起,才将悬着的心按回肚里。

我生怕梁先生有什么闪失,我刚到手的工作就这么没了。

我在入职以前,自以为身家百亿级的人物都是醉生梦死、贪生怕死之流,只知道腆着个肚子,在安保人员的簇拥下,吃吃喝喝谈谈恋爱,简直死不足惜。从没想过,这种身家的人会有梁先生这样的体魄与身手。在种种极限运动的磨炼下,他保护身边铜浇铁铸的安保人员,绰绰有余。

梁先生是TC金融集团的股东。TC金融集团是欧资财团,由三个家族集合而成,涉及银行、保险、医疗、工矿、运输等诸多领域。历经百年,三个家族明争暗斗,目前风头最盛的就是梁家。

梁家是瑞士籍华裔家族,实控人是梁耀邦先生,50多岁,我们称他为大董。大董是梁先生的哥哥,梁先生还有一个双胞胎姐姐,我们称她为胖胖。大董将TC的部分股份分给他们二人,同时授予了梁先生在TC大中华区银行部的行政职权。

TC银行部管理着高达数万亿瑞士法郎的资产,其中,大中华区在投资银行、私人银行及财富管理等业务领域独占鳌头,实力不容小觑。在梁先生任期内,该区域所有董事总经理（MD）级别的高管都需要向他汇报工作。然后,再由他向大董汇报。

2015年,29岁的梁先生在香港就任。他带着4岁的女儿卡卡、女友燃燃暂居深圳。同年,23岁的我大学毕业,求职受挫。机缘巧合,我被梁先生选中,成为他的私人助理。

大学毕业前夕,我最敬慕的意大利语教授为我们布置了最后一道思考题:人生最宝贵的是什么?

教授让我们在今后的生活和工作中多问问自己,再给他答案。那时,对于我来说,人生最宝贵的就是找到一份可以"混口饭吃"的工作。

我在大学里主修意大利语,辅修汉语言文学,拿双学位,参加各种学生志愿活动,在自习室里没日没夜地奋战,但临近毕业,却找不到一份专业对口的工作。

最终,我投递了732份简历,通过学校举办的"就业双选会",获得了一份在民办小学里当语文教师的工作。办公地点在离我家40公里外的镇上,月薪是税后6500元。因为一直找不到工作,所以这份工作对我来说是一种恩赐。但我的闺蜜东东却说,作为一名寒窗苦读16年的应届大学毕业生,应该野心勃勃地追求更好的工作。

的确,从深圳到乡镇,我很不甘心。

那时,东东在香港读研。她说,她的导师送给她两张名企职业交流会入场券,她可以带我一起去。这种入场券相当于导师给的推荐信,企业方会在交流会上选些"苗子"带走培养,一票难求。

东东的导师是一家传媒集团的高级顾问,曾靠一支笔在娱乐圈里掀起过几场腥风血雨。他说东东是传媒界近几十年来难得的一块好材料,只是缺少一些机会。这样的评价让东东很崇拜他,即便当免费劳动力,夜以继日地赶稿也毫无怨言。我不知道这种入场券是不是东东导师口中的"机会",但决定去香港看看。

去香港前,东东特意提醒我带一身有质感的宴会礼服。我权当她在开玩笑,我参加面试的正装全是在学校门口买的应届生专供,哪里买过礼服这种东西。

到香港后,东东一看见我就拉着我去看礼服。她忙前忙后,联了几个相熟的校友,终于讨来折扣价。即使这样,租赁24小时,也要2000港币。我只好挪用住宿费支付礼服租金。

当晚,就只能和东东挤在她的出租屋里过夜。我从没见过如此狭窄的出租屋。屋内的空地不够打开行李箱放平,只能让行李箱的一边顶着墙,另一边靠着床,从缝隙中翻找衣物。

那件礼服使我很为难,不知道怎么摆放才不会把它弄皱。东东让我躺平,把礼服展开盖在我身上。我俩挤在床上不敢动弹,谁也睡不着。

良久,东东长长叹了口气。她说她后悔了,留学就是投资,当时一心贪慕名校光环,没有考虑投资性价比。她没办法申请奖学金,学费、食宿加在一起,算下来要花费近50万元,不知道毕业多少年才能赚回来。

东东的家境跟我差不多,她比我大一岁。在她去香港读研究生前,我们的人生轨迹基本相同。原本,我羡慕她可以去香港读书,但是看到她目前的情况,也许减少教育投资是个明智之举。

我环顾屋内窘迫的生存环境,又看看身边肤白貌美到发光的东东,不由得感叹道:这就是人类道德的胜利。不是我夸张,那些比东东颜值差上五分的女人,想要靠美色吃饭都轻而易举,但东东偏偏是头不靠外表吃饭的倔驴。

第二天的职业交流会,来参加的企业寥寥无几,求职者却一望无际。有些导师亲自带着自己的得意门生跟企业方寒暄;也有些求职者本身就和企业方很熟。东东说,这些人会被内推进企业,没有内推机会的求职者就只能从四方面做准备。

我问:"不是学历证书、技能证书和实习经历这三方面吗?哪里来的第四方面?"东东瞥了我一眼,嫌弃我不够与时俱进,吐出两个字:"整容。"

的确,"颜值+实力"这副牌打出去堪称王炸。我身旁的求职者几乎全是名校毕业,智商高,情商高,颜值高,非常可气!但这些人在东东面前还是逊色很多,东东只需站在那里就有企业方主动向她示好。而我,整晚都无人问津。迫不得已,我只能调整作战目标,把这次求职会当成 2000 港币一位的自助餐。从这个角度看,那个晚上的酒很好喝,甜点和小食也是极品。

很快,东东就收到了传媒公司发来的实习邀请,那是她最期待的公司。她负责经济投资板块的艺术品投资方向。

她没有表现出欣喜若狂的样子,更没有拉着我庆祝,而是帮我把简历修改到尽量接近企业方招聘标准的样子,疯狂投递。最终,无济于事。

幸好,我还有小学教师这份工作兜底,回深圳后虽然失望却不煎熬。

就在我安心准备入职当老师时,邮箱里蹦出来一封 TC 金融集团香港区银行部的邮件。邮件中提到,只要通过心理测试就有机会入职。附件是 1000 余道心理测试题和答题要求。

入职这种在全球排名前五的金融集团竟然如此简单?是

不是电子诈骗？

我正纳闷儿，东东的电话就打来了，问我是不是收到了TC发来的培训邀请。她说，她把我留在出租屋里的简历复印了很多份。去采访时，只要有机会就把我的简历递给对方。但她现在人微言轻，也不知道这招儿管不管用，所以没提前告诉我，怕我失望。

不管能否进TC工作，冲着东东这份情谊，我都愿意为她洗一年袜子。我打起十二分精神，一鼓作气完成了千余道心理测试题，提交邮件时已经凌晨4点。

第二天一早，TC香港区银行部就打来电话，这让瘫在床上的我一骨碌就坐了起来。对方说，他是这次培训班的负责人Tony。他问我能否按时去香港参加培训，我毫不犹豫满口答应。紧接着，他跟我说了一些培训的注意事项，尤其是要提前申请护照和签证，毕竟一旦入职就要做好随时出差的准备。

还能出国？这让我很兴奋，忙问对方培训多长时间可以转正，Tony在电话里发出惊讶的声音，就像这半天都在鸡同鸭讲。

接下来，他给我讲解了这次培训班的意义。

原来，本期TC培训班时长是六个月。在此期间，东亚地区的项目组负责人会来培训班里挑选人员，被选走才意味着进入实习期。进入实习期的人很快就能转正，没有进入实习期的人只能哪儿来的回哪儿去。

果然，雇主没有省油的灯。求职者想的是，骑驴找马。雇主想的是，是骡子是马先牵出来遛遛。

我的试错机会接近于零。如果没被选上，民办小学语文教师这份工作也不会一直等着我，那岂不是又要经历一遍找工作的磨难？但民办教师既没有稳定的编制，也没有高薪厚禄，在 TC 提供的工作机会面前显得弱爆了。

初生牛犊不怕虎，我答应 Tony 按时参加培训。当我有了跳出原有轨迹的念头，去哪里就变得不再重要。

培训期，住在维多利亚港最美的酒店。

TC 香港区银行部位于香港九龙的一栋写字楼内。大堂里，三十多部电梯此起彼伏地发出"叮咚"声，门每次打开，都会拥出二十多人，每个人都步履匆匆。Tony 在人群中向我们挥手，他只用寥寥数语，就让我们觉得在 TC 工作无比体面。

简单寒暄后，Tony 带我们走进 TC 的专属电梯。他指着电梯楼层按键说："宝贝儿们，这十层都是我们集团租赁的，一共 30 万平方英尺，每年租金就得花 10 亿港币。我们的上一层就是公共观景台。那些网红为了打卡维多利亚港的夜色都挤在这里，而我们坐在办公室里喝着咖啡，一扭头就能看见。观景台上面，是咱们集团的合作酒店。平日里，来办理业务的大客户都住这边。这次培训,我特意向上级申请,让大家住这间酒店。这里,健身房、游泳池一应俱全,省得来回跑,瞎折腾。香港的紫外线可坏着呢,分分钟让你长细纹。"

Tony 说话的腔调中弥漫着欧资财团的得意。他帮我们安排好住宿后,又发给我们每人一份资料。资料里,除本周培训安排和相关注意事项外,还有我们八个人的简历。

好一个知己知彼,百战不殆。

门后,从窗外望去,云朵在脚下,腿不自觉地发软。我跳起来,往床上狠狠一躺,太过瘾了。顾不上休息,拿起手机恨不得把房间内所有细节都拍照。房间的餐柜里有精致的甜点,三米开外就能闻见醇厚的榛子巧克力香味。我拿起一块,再三确认是免费的,才托起来直接放进嘴里,大咬一口,幸福。

我让东东下班后快点过来找我,然后躺在浴缸里,一边看着夜色喝酒,一边拍美美的闺蜜照发朋友圈。东东半晌才回复。到我这里的时候,也已经很晚了。她看起来很疲惫,跟我聊天时也用一副忧心忡忡的眼神望着我,好几次欲言又止。

我说:"如果咱们自己预订这样的酒店,一天都要三四千港币,但现在能免费住半年。"

东东说:"你最好早点被选中,然后去实习。对了,你这几天把简历完善一下,再去找别的工作,不能在这一棵树上吊死,万一没被选上要留条退路。"她说话时的表情特别像我妈。

我说:"我要是中途放弃或者不服从分配,那培训期间产生的这些费用就要自理,还要赔公司违约金。乐观点,我们开瓶酒吧,Tony给我们的清单上列出了免费的项目,我看到上面有种在外面要卖一两千的红酒,现在竟然能免费喝。咱们今晚试试。"

东东说:"你怎么如此幼稚?他们让你住这边,也是对你私人生活的一种考核。你现在点一瓶超过500块的酒,过不完明天的培训就得被淘汰。你怎么一点也不上心?跟你一起参加培训的人都是些什么来头?"

怎么能说我不上心呢,我刚听说这次培训的八个人都是女生,就赶紧看了几集《后宫·甄嬛传》。

我看东东又想唠叨我,连忙说:"她们的简历我也看了,有三个人是藤校背景,还有两个人的毕业院校是QS(世界大学排名)前50名。但剩下的三个人都跟我一样,学历没有特别出色,其中有一个也讲普通话,不过她是德国籍。"

东东一副恨铁不成钢的样子,又提醒我找工作的事情,我只能顺着她的意思应和。她的工作压力肯定很大,那么可人儿的一张脸都熬出了黑眼圈。我让她搬过来跟我一起住,她拒绝了。她说自己总是通宵赶稿,有时间会来看我。

我们俩躺在床上,窗外的云让我有种不真实的感觉。东东以为我睡了,蹑手蹑脚地起床,坐在书桌前又开始赶稿。

我不知道自己入职后会不会也像东东那么忙,忙到窗外的夜色那么美却无心观看。如果是这样,那众人口中的好工作,是有地位有名利的工作,还是自己喜欢的工作呢？在微弱的键盘敲击声中,我进入了梦乡。

翌日,培训正式开始。Tony 在培训过程中,无时无刻不在提醒我们要守规矩,也就是要听他的话。无论对错,千万别想着越级汇报或者投诉。如果这样做,即使被上级受理解决了问题,也对我们长期发展不利。他说,如果有幸在 TC 工作,那么在未来的十年里,公平与否、是非对错都不是我们该考虑的问题,领导的喜好就是唯一的标准。

在这座等级森严的"金字塔"里,从下到上,大致可以分为这些层级:AN(分析师),A(经理),SA(高级经理),VP(副总裁),SVP(高级副总裁),D(总监),ED(执行总经理),MD(董事总经理)。其中,Tony 就属于 VP 层级。但不管你是 VP还是 MD,这些都只是层级而非行政职务。

TC 的人情世故让我从一名大学生迅速地转换成了社会人。在培训的第二天,那个和我一样说汉语的德国籍女生就被日本区一个项目组的负责人选走了,没有任何考核。那时,我只觉得她很幸运,没想到她叔叔是 TC 的重要客户。

在培训的中期,学校开始频频催促我就业。辅导员一而再再而三地吓唬我、催我、求我签署三方协议。甚至告诉我，可以帮我到校友的公司里盖章，伪造已就业的假象。他们为了提高"就业率"，使用的方法层出不穷，但就是没工夫考虑，如何真正帮学生找到一份合适的工作。

学校每次催促我的时候，我都十分难过。我不知道自己做错了什么。为什么我从上学开始就高标准地完成老师提出的各项要求，但还是找不到一份相对体面的工作。不能去送外卖吗？不能去餐厅当服务员吗？如果我没有读大学，没有双修意大利语，没有刻苦读书刷题，我想，我能。但现在，我不能。我变成了老师重点关注的待就业对象。

有时，我也想放弃。要不然先随便找份工作吧，要不然先签了学校的三方协议吧。难道，学校这样做不是为了学生好吗？不是为了我吗？不是吗？

眼看跟我同期的培训生一个个被挑走，我的头发随着她们的离开一把一把地掉。

经过几个月的锤打，东东和我一样，她的斗志也荡然无存。她来找我时也开始一瓶接一瓶喝酒。我无力安慰她，只想和她一起喝到烂醉。

我说："IT、金融看起来都是赚钱的行当。但 IT 民工能靠技术赚钱，金融民工只能靠投胎赚钱。没资源、没背景，干金融就是活受罪。"

东东说："何止是金融！我转正后，连一次上镜机会也没有。不给那些金融巨鳄点甜头，哪个愿意开口？你怨不怨我？"

我喝了一口酒，说道："把美色当资源的事我自己都不会做，干吗埋怨你？大不了回去重新找工作，还能饿死不成！深圳发展那么快，说不定哪天就拆迁到我家。到时候，我就躺在家里，脖子里挂一串钥匙等着收租。他张宇算什么东西，就是求着我去 TC 我也不会去的。"

张宇的事情是东东后来才告诉我的。我能去 TC 培训，不是因为我的心理测试成绩有多好，而是张宇把我塞进了培训班的名单。

张宇是 TC 日本区的一个高管，ED 层级。之前，东东采访他时，他对东东很友善。东东看他好说话，就把我的简历给他。所以，TC 才会给我发邮件，我接到培训通知后，东东自然要对张宇表示感谢。张宇让东东等他再来香港时请他吃饭，东东满口答应，还很认真地找餐厅。在东东看来，这是一场表示感谢的饭局。而在张宇眼里，东东这样做是默认要当他的情人。

东东拒绝了张宇，张宇颇为意外，但表现得很大度，还让东东有问题随时找他。我和东东天真地以为张宇这样的大人物懒得跟我们计较，谁知道张宇这只老狐狸，老早就算计好了。

那时,我在培训班里一如往常,以为只要自己好好表现就有项目负责人把我选走。但我是张宇塞进去的人,也只有他会派人把我选走。这无疑是白白浪费了我求职的黄金时期。

有次,一个项目组负责人来选人,他的考核任务是让我们把一份 70 多页的文件资料,做成一份 500 字以内的综述。写完后,所有培训生一致认为完成这项任务最出色的人是我。但是被选走的人,却是考核前一晚将烂醉如泥的他送回住处的女生。

利益交换,本就是心照不宣,讲明了还有什么意思?是我后知后觉,才忽视了一些之前就应该发现的细节。仔细想想,我们这批培训生,最先被选走的是客户的千金。她来 TC 只是为了在履历上镀金,迟早要回去继承家业。

接下来,是一位地方官员的千金。选她的人负责的项目需要她父亲审批,有她在自然一切顺利。我对她印象深刻,因为她总是抱怨现在的公开招聘考试太透明,不好操作。好像入职 TC 对她来说是天大的委屈。后来,听说她办理入职手续后就去挪威滑雪了,从没去过 TC 的任何办公地点。由此可见,在投行里,或者说任何行业都是这样,学历常常没有能力重要,有时候,也没有资源背景重要。

照这种情况来看,Tony 应该一早就知道我们这批培训生不是普通的培训生,而是高管的关系户。所以,一开始就给我们安排了如此奢华的酒店。

而那时,我很"聪明"。以为 TC 与酒店的合作是年签,闲置也得照样交钱。与其在外面另外租房子,多付一份租金,还不如就把我们安排在这边。我们方便,他也省事儿。现在看来,以我的道行哪里看得透他们这群老狐狸。

后来,Tony 开始培训新的实习生,这批实习生跟我们那批人完全不同。他们经历了层层筛选与面试才有机会坐到 TC 的培训室里,每个人都被扒了一层皮,远不止做一份心理测试这么简单。

面对他们的实力,我从心底产生了畏惧和对自己无能的愤怒。

我开始逃避,大多数时间就在酒店房间里躺着摆烂。我不知道为什么,刚入社会就被社会淘汰了。Tony 也不再过问我的事。我是被挑剩下的人,这一点我和他心照不宣。

烂到老天爷看不惯的时候就会触底反弹。

那天,我在浑浑噩噩的梦里听到了杂乱无章的门铃声。当时,脑海里本能闪现出 Tony 教我们的敲门礼仪:"敲门时起初要轻,渐重,声与声之间要有停顿间隙……"但转念一想,这种矫揉造作的敲门方式,以后跟我再也没关系了,竟有种说不出的畅快。

敲门声越来越急促，手机铃声也来捣乱。一看，是 Tony
打来的。一听，在门外歇斯底里敲门叫喊我名字的也是他。
我慌忙把头发往脑后胡乱一扎，套上衣服就冲到门口给他开
门。这种情形任谁看都像是在捉奸。

一开门，Tony 就给了我一个拥抱，郑重其事地恭喜我：
"宝贝儿，梁先生想请你去当他的助理。"

"梁先生？"

我很诧异，我依稀记得 Tony 在之前的培训中言简意赅地
介绍过这个人。当时，他只用手一指沙盘，轻轻地说了句："目
之所及，全是梁先生的产业；从分析师到董事总经理，全是梁
先生的打工人。"然后，整个培训室就响起了此起彼伏的惊呼
声。

东东也向我提过这个人。她说，梁先生是 TC 实控人梁耀
邦的亲弟弟。今年，梁耀邦不仅将 TC 的部分股权授予了梁先
生，还赋予他 TC 大中华区银行部的最高行政职权，香港区银
行部就在他的管辖范围内。她还说，他们公司拿到了这个新
闻的独家报道资格，但她依旧没有上镜的机会。她说话时，我
很难过。东东帮过我，但我一点儿也帮不了她，我自身难保。

Tony 见我没有说话，在我眼前打了个响指。

他说："惊喜吧？我一听到风声就赶紧去给你准备衣服，

找形象设计师。这会儿梁先生的董秘周先生正在司徒浩办公室聊天,估计等下要找你面谈。你看我糊涂的,忘了咱的颜值这么能打,不过这设计师既然来了,要不就给她一次机会?"

我现在的样子好似行乞归来。但 Tony 说话的神情语调却没有半点讥讽的意味,真诚至极。不仅解决了我的问题,还避免了我的尴尬。

"你见过梁先生?"我任由设计师装扮,有一搭没一搭地和 Tony 聊着。

Tony 往我身边靠了靠,一副知无不言言无不尽的样子。"不瞒你说,远远地见过一次。当时,梁先生一个人站在巷子后面抽烟,那身形放我们圈子里肯定是'天菜'。可惜,他有女朋友了,听说那个女人已经陪他三四年了,可是没有名分,说不定我还有机会呢。"

Tony 从不隐藏他的性取向。这番言行常常让我不知如何回话,只会傻乎乎地赔笑。

我跟在 Tony 身后,走进司徒浩的办公室。司徒浩是 TC 香港区的总负责人,MD 层级,在此之前,我只在杂志上见过他,知道他是印度人。此时,他正在给坐在沙发上的人沏茶,我刚想向他打招呼,突然意识到他给别人沏茶,那证明喝茶的人地位更高,我连忙转换角度,先向沙发上的人微笑致敬,再向司徒浩打招呼。

　　沙发上坐着的人正是 Tony 口中的周先生。他是一个五十多岁的矮胖新加坡男人。老周用标准的普通话说:"梁先生需要一个普通话标准、粤语地道、懂意大利语的助理。我看你的简历,初中前在北方生活,之后在深圳读书,双修意大利语。所以,我们选择了你。"

　　我没有说话,只是满脸疑惑地看着他。毕竟,从 TC 香港区银行部找一个中文流畅、会意大利语的员工并不难。

　　我清楚地记得,培训初期,Tony 让我们完善登记表上的信息。其中,语言能力这一栏被设置成了四个空格。我写的是:普通话、粤语、英语、意大利语。我实在凑不够四种语言,才将中文分开来写。而培训班里的其他"卷王"们竟然问 Tony,空格设置得不够多怎么办? 如果 Tony 把这一栏换成五个空格,我就只能把老家话也加上了,毕竟我们山东话的倒装句也很经典。但如果设置成六个空格,那我就只能把梦话也写上了。幸好,Tony 懒得再去打印,才让她们在末尾写了个"等"字。所以,她们的表上写的是:汉语、法语、俄语、英语等。

　　难道真是老天爷饿不死瞎家雀? 不对,见老周之前,Tony 找设计师专门为我补了妆。难道他们是想让我做那种助理? 面对梁先生这样的身价,我能抵住诱惑吗? 他会给我多少钱呢? 我的思绪越来越不着调。

老周仿佛知道我想什么,他说:"看你面相老老实实,还有些憨厚,没想到还挺乐观的。像梁先生这样的身份,大把女人追。他是不会去追一个女人的。选你,是因为我们已经对你的背景进行过深入调查。"

老周喝了口茶,继续说:"你初中毕业来到深圳读书,一家三口还有只狗挤在关外自建房的二层,一层用来开大排档。你周围的邻里大多数是原住村民,他们的土地早在20世纪90年代初就被几家企业征收建设厂房,时至今日,每人每年都会拿到30万—50万元的分红。你家尽管房子也在这个村,但户口不在,所以这些分红跟你家没关系。当你的同学在度假时,你只能在家学习,写完作业还要到一楼帮忙端盘子擦桌子。尽管成绩优异参加了高考,但你身边的同学却直接在国外读了国际排名前100名的大学。你在这种环境下生活,还能在入职心理测评中取得那样优异的成绩,而且体检报告也十分健康。这种情况,一般有两种原因:一是你开悟了,得了大道;二是你没心没肺根本就意识不到。总之,你非常适合这份工作。"

老周这番话把我整蒙了。我分不清楚他是在夸我还是在贬我。在他说话之前,我都认为自己有吃、有穿、有车开、有房住,还有男生追,简直福星高照。

司徒浩倒是见缝插针地夸我,他也夸Tony:强将手下无弱兵。

老周的时间非常紧,与我简单交谈后,便让我赶紧收拾行李,办理手续。

Tony跟着回到房间,一关门就开始对司徒浩破口大骂,一副为我打抱不平的样子:"星星,你看司徒浩,他这摆明了见不得你好,还好你吉星高照。"

"啊?"我莫名其妙,不明白Tony的话是什么意思。

"我的傻妹妹,这个司徒浩明面上说我培训新人很有一套,他的意思是让老周多看看其他新人,不要急着选你啊。你说,你有这个机会多不容易,平时又没得罪他,干吗使这种绊子?"

我恍然大悟,这个司徒浩可真是个笑面虎。

Tony边帮我收拾行李,边向我透露着梁家的八卦。他说,梁家的财富说来话长,相传,他们于清末迁入欧洲。那时候,西洋人带来了照相技术,民间的老百姓哪里见过这玩意儿。坊间便有了这样的传言:富贵人家的男童,命中带财,只要乘其不备,拍下他的照片,再在照片后面写上他的名字,每日里供以香火佳肴,便可将他的富贵命借走,增强自己的财运,但孩童便会不久于人世。一些穷凶极恶的匪徒,一边趁机拍下男童照片卖给心术不正之人,一边又扮作精通"化解之法"的江湖术士,骗取男童家属的钱财。

那时,梁家做钱庄生意,商铺房宅加在一起有九里街那么长。到了太祖这一代,依旧靠这份家业过活。太祖不问世事,一心钻研医术,有妙手回春之力,声名远扬。

一天,他行医归来,见一群家丁围着一个西洋人殴打,便去了解情况。原来这个西洋人见一个孩童穿虎头鞋戴虎头帽十分可爱,便上前询问了这个孩童的名字,还想给他拍照片。孩童被西洋人的举动吓得大哭不止,引来不少人的围观。这个孩童的爷爷是当地手握重兵的大官,以为这个西洋人是借命的术士,随即喊来家丁对这个西洋人动了私刑。太祖医者仁心,根本不信邪,以家族声望打了包票,才将这个西洋人救出,并为他疗伤治病。

但好巧不巧,没过几天,这个孩童在河边玩耍时竟突然晕倒,一头扎进了水里,幸好身边有家丁陪同,将他及时救起,抱来找太祖医治,才捡回条命。

太祖看着眼前的孩童,嘴里说并无大碍,只是玩累了脚滑落水,受了些惊吓,睡一觉再休息几日便可生龙活虎。其实,他比在场的所有人都先知道要大祸临头了。原来,这个孩童得的是一种先天性疾病,脊柱歪斜已经压迫心脏,命不久矣。但商不与官斗,如果他如实相告,肯定被当作和那个西洋人一伙儿的邪士。到时候,这个西洋人有靠山,自己的性命却难保,祖宗基业也将化为乌有。即使侥幸保住性命,恐怕以后钱庄生意也做不下去了，他这一世哪里忧过柴米，这让他忧虑不堪。

西洋人得知此事后，便劝太祖一家移居瑞士。太祖看着眼前破碎的山河、动乱的时局和自己的境遇，对这片土地失去信心，便在这个西洋人的帮助下，举家逃往了瑞士。之后又贱卖家产回笼资金，凭借自己精湛的医术，初步工业化生产药品。后来，在这位西洋人的牵头下，梁家与另外两个家族的产业合并。当生产与资本集中，便促使了工业资本和银行资本的加速融合。经过160余年的发展，TC逐渐成为金融巨兽。

我不知道Tony的话里有几分真几分假，但我俩的心理距离，在畅聊八卦的过程中拉近了许多。Tony开始和我以"兄妹"相称。他把自己在职场中栽过的跟头告诉了我，提醒我要提防司徒浩这类人。

原来，Tony和司徒浩同一年进入TC金融集团。在两人竞聘SVP（高级副总裁）的关键时刻，公司收到了一份关于Tony骚扰女职员的实名举报信。Tony只好"主动"退出竞聘。如今，十多年过去了，Tony还是VP层级，而司徒浩却平步青云，升任香港区银行部主管，MD层级。司徒浩主管香港区银行部事务后，当即对Tony的工作进行了调整，只让他负责新人培训，不再负责具体的投资项目。Tony的层级虽然没有降低，但没了项目提成，年薪缩水得相当厉害，真是杀人不见血。

在离港回深的路上,老周特意嘱咐我,让我有机会一定要向梁先生的女朋友燃燃表示感谢。因为她在看我们的简历时,觉得我的名字有趣便念了出来:"星星,星星。"梁先生的女儿卡卡听到后,特别欢喜,拿着我的简历不松手,梁先生这才选了我做助理。

老周问:"知道卡卡为什么喜欢你吗?"

领导嘛,拿下属的尊严取乐,也是他的职权之一,怪不得那么多人都想当领导。我看老周想调侃我,就顺着他说:"在小朋友眼里,猩猩都是长毛的,而我是没长毛的。"

老周哈哈一笑,赞我聪明。他让我帮他拆开司徒浩送来的香港特产。我打开礼盒,里面放着三片甲骨文龟甲片。

老周说:"香港会展中心外形似龟,这个司徒浩还挺有创意的。"

我说:"这算哪门子香港特产,明明是河南安阳出土的。"

老周看了我一眼,问道:"是不是有人在你面前说司徒浩的坏话了?"

啊?老周这句话让我大为震惊,我回想自己刚刚对司徒浩礼物的评价。难道老周从我的语调或句式中察觉到我对司徒浩有成见?那也应该问我跟司徒浩之间是否有过节啊?

老周面露得意之色,说道:"你与司徒浩的层级相差甚远,还没有利益之争的资格。你在 TC 接触到的最高领导应该就是 Tony，那个人是 Tony 对吗？"

我点头，但没有放弃争辩。我将 Tony 的事情全盘告诉了老周。

老周说："这件事确实是司徒浩策划的。但 Tony 有没有告诉你，是他请司徒浩帮他出的主意，用桃色绯闻压过他挪用项目资金的事，要不然他这辈子的职业生涯就完了。当年，监管办查出这件事后，Tony 手中有个关键项目，香港区不想流失这样的人才，也不允许这样的人升职，所以就用这种绯闻分散注意力，但这个 Tony，屡教不改。不过，他负责新人培训倒很有一套。司徒浩也算是知人善用。"

"我没想到事情的真相竟然是这样，我还以为在当时的社会环境下，承认自己的性取向比扛下莫须有的骂名还难。"

"给梁先生当助理可千万不能让别人把你当枪使啊。咱们做助理的既要跟高管在心理上保持距离，又不能让他们觉得你太清高不近人情，礼物该收收，事情该不办还是不办。"

我暗暗咂舌，没想到老周把话说得如此直白。他虽然与司徒浩同级，但权力却大得多。梁先生的一切事务都由他统筹，可谓是一人之下万人之上。算上我，老周手下共有 13 个助理，但只有两个女生。他根据助理的级别与特点，把工作大致分为三块：集团事务、家族办公室事务、私人生活。

我被老周安排到照顾梁先生私人生活的团队，这也是日常接触梁先生最多的岗位。老周说,梁先生最近在欧洲帮卡卡选合适的教育团队,可能一个月后才能回来。这段时间,我的工作以照顾燃燃为主。

我问:"燃燃是卡卡的妈妈吗?"好多电视剧里都是这样,豪门难入,生了孩子也没有名分。

老周看我的眼神严肃了,他说:"当然不是。这种话以后不要再问了。咱们给梁先生当助理,就要学会降低讲话的浓度。"

老周是想让我多思考少说话。心里想十句话口中说一句话的浓度,就比心里想一百句话口中讲一句话的浓度高。我只能暗自祈祷,希望长期心口不一,也不会精神分裂。

二 助理都有"三高"：高薪、高压、高风险

伴君如伴虎，我没有工作经验，老周不敢让我直接负责梁先生的工作，这种循序渐进式的安排，正合我意。接下来，老周又叮嘱了许多注意事项，我丝毫不敢怠慢。不知不觉笔记本上竟写了40多页。

我的基本月薪是3000美金。实行24小时轮班制，不分节假日，全天候都需要使用内部APP打开实时定位，方便老周在任意时段安排工作任务。

如果在休息时接到临时工作，那么必须在老周规定的时间内，赶到工作地点，进入工作状态。这个时间一般会限制在20分钟内。这就意味着助理居住的地方要离梁先生办公或生活的地方很近。有的同事，他们的住所被安排在距离梁先生家或者办公室步行20分钟的地方。

老周暂时将我的住处安排在一栋酒店式公寓内。他说，这里离燃燃家走路只需要15分钟，距离梁先生送给燃燃经营的私人会所只需要上五层电梯。在深圳这样的大都市，这种

通勤距离堪称完美,简直是为加班而生的完美住处。

我第一次见到燃燃就是在她的会所,我的工作是接她回家。

这间会所的门口连个招牌都没有,里面却别有洞天。面积虽然不大但五脏俱全,私密性极好。虽然我住的地方距离这里只有五层楼高的距离,属于同一空间,但老周如果不给我楼层卡,我永远也上不了这一层。老周说,这间会所日常运营产生的开销由梁先生出资,单租金一项每年就要800余万,还不算各种各样的维修费,但收益却全部归燃燃所有。

好一招,空手套白狼。

老周的话我都记在本子上,但有一句我谨记在心:要记得感谢燃燃。她是我的伯乐,如果不是她,我连一匹马都算不上。

在送燃燃回家的路上,我向她表示感谢。她说:“你只要感谢自己就够了。”我以为这是她对我努力的肯定,但她却说:“以你的能力,但凡有点儿讨男人欢心的手段,都不至于沦落到被培训班淘汰的境地。有你这样的女人在梁先生身边我才放心。咱俩一样,头脑比身材简单多了。”

嗯?咱?不合适吧。我没想到燃燃说话会如此直白,直白到我搞不懂她是在骂我头脑简单,还是夸我身材好。以至于,我背在脑子里的场面话在她直爽的性子面前毫无用处。

燃燃的身材的确火辣极了,让我看了也想摸一摸。但她与东东不同,她的美不在皮肉,而在于一颦一笑的灵动。

到家后,她让我随便参观,她的房间里摆放着许多跳舞时拍摄的照片。为了缓解尴尬,我没话找话,夸她家里的地板像窗户一样可以看见倒影,我猜这肯定也是我们助理团队的功劳。

她说:"梁先生走之前擦的,他心情不好时就喜欢躲起来擦地板,别人都是借酒消愁,但他滴酒不沾。"

我没想到。我怎会想到她会如此回答我呢?她讲话的浓度,是不是百分之百呢?一句话,高度浓缩地泄露了梁先生的情绪、缓解情绪的方式、生活习惯。

那时,我还没见过梁先生,但我想他应该是个喜欢隐藏情绪的人。我连忙转移话题,指着一张照片夸她:"这是您学生时代跳舞时拍摄的吗?好有魅力。"

她说:"当然喽,要不然怎么夺走梁先生的初夜?那时候他才15岁,我经历过那么多男人,他是最后一个。"

这句话的浓度,让我想入非非。那卡卡是怎么回事?上次,老周说卡卡的妈妈不是燃燃,难道卡卡是梁先生与其他女人出轨所生?那燃燃还和他在一起。也对,出轨而已,又不是破产。到底怎么回事儿,这应该怎么问?这怎么能问呢?

我恭维她:"您和梁先生相伴多年,真是青梅竹马,令人好生羡慕。"

"我是四年前才和他在一起的,和他青梅竹马的人,是一个叫 Carina 的老女人。不过,这么多年梁先生身边只有我一个女人,从没和其他女人暧昧过。"

燃燃说话的浓度果真没令我失望。她自认为说话的重点是后半句:这四年梁先生身边除了她没有其他的女人。我明白,燃燃这是在敲打我,让我不要对梁先生有非分之想。但她根本没意识到自己究竟说了什么。

燃燃在美国长大,从小练舞,功力深厚,她的外表对异性有致命吸引力,这是客观事实。我推测,受文化影响,以燃燃这种性格,她青少年时期的私生活可能很混乱,对异性不拒绝甚至主动。她在 18 岁时与 15 岁的梁先生相识,有了一段短暂的缘分。这段缘分令她刻骨铭心,但对梁先生而言只是露水情缘,他们很快分开了。后来,梁先生与另一个女人生下卡卡。这个女人应该就是燃燃口中的"老女人"Carina。Carina应该是个很厉害的人物,要不然她不会抛下梁先生和卡卡。但不管什么原因,最后让燃燃捡了漏,她又与梁先生在一起了。这样看来,梁先生可能是一个长情的人。如果梁先生是个长情的人,那么 Carina 这个女人一定对他影响很深,要不然燃燃就不会用"老女人"来形容她。她后面看似在敲打我,其实是在给自己打气。

事实证明,我的推测几乎全对,我时常为燃燃的交浅言深捏把汗。

燃燃这种直爽的性格也体现在她的酒量上,53度的白酒喝八两才刚刚有微醺的感觉。不过,即使她酩酊大醉,想联系梁先生时,也忘不了先向陪同梁先生的助理打听梁先生是否方便接电话。她每次都精选"时机",这个时间点常常是梁先生刚刚感到无事可做的瞬间。如果当值的助理告诉了她,她便对人家感恩戴德。

我都被她的行为搞迷糊了,梁先生到底是怎样的人?难道当他的助理比当他女朋友地位还高?

燃燃不止一次对我说:"星星,等你跟梁先生工作后,在不违反纪律的情况下,他无聊的时候你就告诉我。"

看到大大咧咧的燃燃,小心翼翼地对梁先生好,我就搞不明白她到底是在图什么,图爱吗?这种卑微的姿态绝不是爱情。图权力财富吗?的确,以梁先生在资本圈的地位和影响力,想要结交他的人很多。一般情况下,梁先生是不会见这类人的,都由老周负责打发。有的人便想利用燃燃的关系接近梁先生。

老周说,梁先生从没有驳过燃燃的面子。然而,燃燃并不真正了解那些人,更不了解他们的项目。所以老周让我拦着点燃燃,因为只要燃燃开口老周就只能硬着头皮去办了,常常搞得血本无归。

可是,通过我观察,我发现燃燃帮这些人纯粹出于同情,她完全没有仗着梁先生的偏爱为自己谋取私利。但她这么做,确实也不讨人欢心,谁乐意赔钱呢?

那是为了虚荣吗?

我问燃燃:"平日里,来会所求见您的都是些有头脸的大人物,您的生活一定很有趣吧?"

燃燃却说:"这些人聊的内容看似千奇百怪,但归根结底都是求梁先生办事的,想让我帮他们吹枕边风,没什么意思。"

这是实话,她只对跟梁先生沾边的事情感兴趣。

距离梁先生抵达香港的时间,还有一周左右。老周问我准备得怎么样了,我不知道该从哪方面做准备。但燃燃已经坐不住了,每天像打了鸡血一样从早上5点就要开始做护肤或身体管理。

当然,我很乐意陪燃燃一起做护理,在陪她聊天解闷的过程中,我的皮肤状态也好多了。她忙着给卡卡添置玩具、衣物,担心她水土不服,不习惯在这边生活,总是要我陪她逛街购物,这我就更乐意了。

购物时,燃燃只负责拿自己想要的东西,我负责帮她埋单。她经常去日本购物、做发型。但我会建议她去法国。由于退税政策的不同,日本直接减税,对我没有任何益处。而在法国,我用自己的护照和银行卡埋单,经常能申请到 12%~17%的退税,这部分钱回国后会陆续退回我的卡上,名正言顺变成了我的钱。我想,那些店员可能会觉得奇怪,为什么我比她们还热情推销。

自从跟着燃燃工作后,我的日常开销就变少了。燃燃很少在香港或者深圳逛街,大多数时间由我负责采购新品。所以,找哪个门店订购,或者说找哪个销售订购,对他们的业绩影响很大。我甚至会安排销售把店里的新货拿到燃燃家里,更新她的衣橱。

当我和朋友去商场里吃饭时,我会故意从商场的一楼慢慢逛着走扶梯进入餐厅,绝不用餐厅的直达电梯。只要我这么做,用餐完毕后就会被告知账单已经被结过了,埋单的人大多是商场里相熟的销售,还会附赠我储值卡。他们送的储值卡我一般会卖掉,1 万元额度的服装卡转手可以卖四五千,如果是超市卡就可以卖七八千,进口超市除外。

当然,羊毛出在羊身上,燃燃就是这只肥羊。

我不会为了蝇头小利而不加鉴别地帮燃燃采购,难以控制的是我的虚荣心。

有一次,我在一家礼服店,看到角落里挂着一件礼服。这件礼服和我在香港第一次租赁的那件礼服一模一样。我多看了一眼,店员当即取下礼服说要送给我,我摆手拒绝。他们的店长快步向我走来,对我道歉,并指责那个店员不会办事,求我原谅。我还没搞清楚状况,店长当即拿出一本高级定制图册让我随意挑选,当作送给我的礼物。

原来,当时我买不起,甚至舍不得租的礼服在她们眼里只是"低端货"。世事难料,不到半年时间,这件礼服已经配不上我了。我开始频繁出入这间礼服店,我付钱买到的是虚伪的成就感。

每次经过商场旁边的路口,我都能看到天桥上站着一个穿红马甲的志愿者。她看起来很像我的初中同学小雨。我到深圳读高中后,我俩几乎断了联系。后来,她说自己考入了一所公办小学,也来这边工作了,以后要常联系。那时,我正在TC 的培训期里煎熬,敷衍着回复她:有时间常聚。反而是我妈,非常热衷于给小雨介绍对象,在她的撮合下,小雨很快就结婚了。

站在天桥上当"人肉红绿灯"的人怎么可能是小雨呢?我肯定认错了,她是老师,应该在学校里备课啊。红灯,我的车停下,从这个角度看,看不到她的正脸,但她红马甲上印着的字和她上次告诉我的学校名称好像是相同的。

我想下车去跟她打声招呼,想想还是算了。人各有志,说不定人家寒窗苦读就是为了做这个工作。万一理想与现实有偏差,那我就更不能跟她打招呼了。我没能力帮她找工作,我只能庆幸自己的这份工作,福利待遇还算不错。只是那种狐假虎威的快感过后,我有些迷茫。

不工作的时间,我大多宅在老周安排的住处。由于工作的特殊性,这里除水电费可以报销外,在房间里订餐、请人按摩等稀奇古怪的消费也可以报销。我们的报销制度可以简单粗暴地概括为八个字:不限标准,全额报销。

老周说,梁先生不指望一个对他满腹抱怨的人为他卖命。

的确,助理这份工作,高强度,高难度,产生不良情绪在所难免。让一个食欲旺盛的人天天吃顶级自助餐,他也不会天天都把自己吃撑。但你要让一个天天饿着的人去烹饪顶级自助餐,即使他们道德高尚,也很难不偷吃。

有时候看似费钱的方式反而最省钱。上次,东东告诉我,他们公司派遣她出差,从深圳到北京。她没有买到二等座高铁票,只好买一等座。但报销差旅费时,超额部分却不予报销。或者要提供证明资料,证明没有比一等座高铁票更划算的交通方式才可以报销。

管理者认为这样的报销制度可以防止员工钻空子,天衣无缝，实则寒了员工的心。换作是我，有十分能力，也只会使出三分。

但梁先生针对助理团队提出的"不限标准，全额报销"制度，也只不过是纸糊的挡箭牌，隔在资本剥削与我之间。它的效果在于，当我向别人抱怨工作劳累时，那些人只会觉得我不知好歹，不知感恩。但任何抛开辛苦程度谈薪资待遇的行为都是不道德的。

距离梁先生抵达香港的时间还有三天。老周给我安排的工作越来越多，不过与男同事相比还是轻松一点。大多数男助理不是在出差就是在出差的路上。为了处理梁先生的各项事务，他们一周至少要去三个国家或地区。

有位男同事的老婆在 TC 香港区银行部下属的投行工作，他们夫妻俩经常见面的地点是机场。开始我不明白哪来这么多事情要出差，后来才发现，单是接见区域高管这一项工作，就要占用两三个助理不停出差。这些高管需要向梁先生汇报工作，而又约不到梁先生的时间。按道理来说，他们可以向老周汇报，但老周对一部分高管也拿"没时间"当借口敷衍了事，不见他们。

按工作流程来说，这些高管可以来向我们这些助理汇报，由我们向梁先生转达。但这些高管大多和老周平级，我们这些小助理哪里敢让他们承担旅途的辛苦，所以会到他们的区域,听他们汇报。

老周倒是没安排我出差,但他给我安排的工作量,用他的工作效率标准来衡量,每周也需要工作 80 个小时才能完成,更何况我当下的效率还远远达不到这个标准。我的休息时间就被挤压得越来越少。虽然助理只需要负责各项事务之间的协调,不用亲力亲为,但我已经习惯了连轴转的工作,24 小时随时待命。

老周说,梁先生喜欢出海玩无动力帆船,让我提前与梁先生的船队沟通接洽。他们负责安排船队中的专业人员监测风向、天气、波浪、水流等因素。当然,出海前检查船体,出海后冲洗船体,防止船体被盐腐蚀生锈的工作也都由他们具体操作。但对梁先生的安全与体验质量负责的却是助理。

海风,烈日,要是以后经常这样可怎么办?老周一句话就打消了我的顾虑。

老周说,这样的出海运动筹备流程是简易流程,不作为常规工作流程。常规流程需要考虑邀请宾客的问题。如果邀请宾客,就需要提前跟对方或者对方助理确认时间、路线、特殊事项等细节。同理,如果别人邀请梁先生,我们也需要做好梁先生临时行程有变,告知对方并致歉的预案。当然,如果行程有变,我们还要紧急筹备临时事务。除非梁先生不出席原定行程的原因只是想在家躺着睡觉,这样我们才会轻松点儿。

按照这样的工作流程,面对今天这样的情况,我该庆幸而不是焦虑。

老周说,梁先生的助理都有"三高":高薪、高压、高风险。可谓是:"一年买车,两年买房,三年火葬场。"

其实,我不怕辛苦,只是害怕亲戚们异样的眼光。我的这份工作,在他们眼中不怎么正经。用他们的话来讲,我就是"男老板的女秘书"。他们纷纷劝我换份工作,说是干这个工作会嫁不出去。他们没说我不劳而获,靠美色勾引男人,但听到我耳朵里就是这个意思。后来我学聪明了,当别人问我做什么工作时,我只说:混口饭吃。

三 第一次拿到个人月度绩效明细表

梁先生抵达香港后,并没有出海而是要去柬埔寨,老周安排我陪梁先生出行。我没想到,第一次陪同梁先生工作,竟然是帮他"买女人",而且还制定了 KPI。

那是我第一次坐私人飞机——湾流 G550,香港飞柬埔寨。我生怕做错什么,只能装出见过世面的样子,不动声色。

老周说,会在旅途中挑选合适的时机把我介绍给梁先生认识。第一印象的重要性不言自明,我有些忐忑,试着调整了一下座椅,坐姿还是僵硬,紧张得不知道该往哪里放腿。

隔着隔板,不时能听到梁先生和老周的对话。我学了那么多年意大利语,只能分辨出他们讲的可能是法语。除此之外,一句也听不懂。

飞机即将落地,隔板被人从里面拉开了。我侧着身子,第一次看见活生生的梁先生。他的身形和照片相比,更显高大壮实。脸被衬托得极小,五官有种亚洲人罕见的钝感,说是"天真憨厚"又有些不准确,很难一言以蔽之。

整个航行,我都没有等来正式与梁先生见面的机会。但我看到梁先生顺着老周的眼神往我这边瞥了一眼,算是见过了。

这时,老周才有时间坐回我身边。他说,他尽力了,让我别心急,毕竟很多区域的高管想见梁先生一面也很难。

下飞机后,我才想起之前听说柬埔寨有飞车党,治安远不及国内。可老周并没有帮梁先生安排安保相关事宜。我想询问老周,但作为新人我的自知之明让我多一事不如少一事。

我没有讲话,只是把自己的证件、手机等重要物品放在衣服的最里侧。老周看见后,似乎知道我的顾虑。他说:"梁先生就是咱们的保护伞,有他在的地方肯定安全。他的安保团队直接对接他个人,我们当助理的无权过问。"我暗暗咋舌,心想,身边一个保镖也看不见,难道他们都隐藏在暗处?

我还没来得及把心放下,老周就跟着"保护伞"梁先生离开了,把我留在原地,等一个叫阿水的泰国女人来接我。老周嘱咐我,让我跟着阿水办理"买女人"的相关手续,以后这项工作就由我负责对接,万万不可大意。

阿水见到我的时候,不知道是紧张还是害羞,不停地搓着手说着"谢谢"。普通话发音倒是字正腔圆,但我猜她想说的应该是"你好"。

阿水主动聊了起来。她说,她的工作是口译,平时也帮梁先生清理帆船船底的藤壶,她喜欢用高压水枪冲刷船底,每当看到大片大片的藤壶掉落,便觉得自己的身体也干净了,特别畅快。

我不知道阿水为什么要用布满藤壶的船体类比自己的身体,这种场景明明令人作呕。但我听她说着,脑海中想象的却是梁先生。他平时应该在巴哈马某处的小岛上,刚玩完帆船便乘着私人飞机赶去湾区开会。后来证明我想多了,像梁先生这样的大忙人根本没有时间做这些。没时间去做的我指的是开会,不是玩帆船。

车开了近两个小时,我才在庄稼地里看见一栋五层高的破旧建筑。

走进去,地面像刚在上面杀过鱼,滑腻粘脚。头顶的风扇无节奏地旋转,吱呀乱响。竟让我分不清它们是开着电源,还是单纯被风吹着摇摇欲坠。不到一分钟,我就觉得自己被腥臭的空气腌入味了。

电梯门是手动的,里面连灯都没有,只有微弱的光线从缝隙里射进来,我们摇晃着上升,真怕突然掉下来。我跟着阿水走出电梯。眼前的景象让我停止了一切思绪。在此之前,我不知道世界竟然如此堕落。

我看到了四个我要"买"的女人和一个自称叫奈巴林的男人。无一例外,这四个女人都是奈巴林的"摇钱树"。她们没有名字,只有编号。

编号 633 的头发被奈巴林扯在手里。她脖子里有锁链残留的印迹,面部污浊、有鞋印。鞋印残留在脸上的污渍和地板上的一样,应该是刚踩上去的。

编号 630 的嘴巴被人为地从两边缝起来,只留下中间的缝隙。

编号 632 不停地摇头,编号 641 紧抓她的手臂,指甲陷进去了,两人都浑然不知。奈巴林一巴掌扇在编号 632 的后脑勺上,歉意地对我们说:"吃多了'药'不碍事。"

阿水一边与奈巴林交谈,一边将内容翻译转述给我。

编号 632 来自奈巴林所经营的娱乐场,12 岁时诞下了编号 641。编号 641 今年还不到 10 岁,还没接待过多少客人,奈巴林舍不得卖。编号 633 与编号 630 是奈巴林从另外两家娱乐场收来的,他作为中间商要赚差价。一句话,奈巴林对阿水开出的价格不满意,他要加钱。

他们的对话把我听得一头雾水。奈巴林好像并不知道我和阿水的身份。他以为我们跟他是同行,但生意做得更大,背景更深厚,他不敢得罪我们,怕引起不必要的争端。

后来阿水告诉我,这些人口贩卖团伙一般都有官方人员做他们的保护伞。起初,他们通过官方渠道去解救那些女人。资金充沛却收效甚微。当资金充沛时,他们救人不计成本。

救助行动很快变成了不法官员敛财的机会,甚至有人教唆娱乐场老板把自己的女儿、老婆、妈妈卖给他们,换取钱财。他们"救助"的女人很快就会再次回到这些不法分子的身边,而真正需要被救助的女人却被隐藏得更深了。

后来,他们开始假装自己也是干这行的,反而救助了更多需要帮助的女人。

最终,价格谈妥。平均每个女孩的售价是 3000 美元。其中奈巴林扣押着编号 633 与编号 630 的护照。所以,这两个有身份的女孩单价就贵一点,剩下的那对母女没有身份,是黑户,价格便宜一些。换句话说,那个不到 10 岁的小女孩就是死在柬埔寨,也没有人知道她来过这个世界。

这对母女的离境手续烦琐至极,但阿水只用了两个小时便办好了,只不过她们现在还不能立刻跟着我们一起入境。阿水对一切轻车熟路。这让我不敢想象,曾经有多少女人陷入这样的困境。

阿水说,梁先生早在五年前就设立了"无国界妇女救助机构",在亚非拉地区救助那些深陷贫困、性别歧视、家庭暴力的女性。我们将她们从魔窟里拉出来只是第一步,后续还需要由专业人员对她们进行针对性援助,让她们重新面对这个世界。

我们挤进电梯,阿水将电梯门拉到一半的时候,梁先生噌地一下闪了进来,我明显感觉电梯往下一沉。果然,门关上后,电梯吱吱呀呀向下坠了一点便不再动弹。梁先生用极其不普通的普通话陈述了一个事实,说:"电梯有故障。"

听话听音也是做助理的一项天赋,我秒懂梁先生的意思。我妈也喜欢这样讲话。"地板脏了,桌子乱了……"她不是为了陈述眼睛看见的事实,而是在命令我打扫卫生。

梁先生是在命令我修电梯?啊?我被自己解析出来的含义吓了一跳,本能地问梁先生:"您的安保呢?"

梁先生没有说话,抬头看我,眼神中透出一丝警惕,转瞬即逝。他估计没料到我会反问他吧,面对他这样的身份,简简单单的对话竟显得大逆不道。

电梯封闭不严,这样的安全隐患在此刻反而变成了这个电梯的优点。透过微弱的光线可以看到空气中有尘埃飘动,证明可以通风。但电梯内没有任何紧急按钮,依旧让我手足无措。

梁先生不再用普通话死撑,改讲粤语,腔调浓厚地道。他示意我们蹲坐下来,让我给老周打电话安排电梯救援。然后,我们七个人在电梯里蹲下。我近距离观察梁先生,他上唇很厚,不讲话的时候也会微微翘起,有种闭不上的感觉,让这张原本应该人畜无害的脸上增添了满满的肉欲感。

这四个女孩目光呆滞。她们看起来很害怕梁先生,也害怕将来发生的事情。阿水再三告知她们,我们是救助者,不必害怕,但她们听后依旧面无表情。

和老板困在电梯里的时间格外漫长。一个小时、两个小时,遥遥无期。

阿水凭借她的语言天赋一直在和那些女孩儿沟通。她们在阿水的引导下,将自己的故事娓娓道来,语气始终平淡。

编号 633 说:

我出生在埃塞俄比亚南部的一个村庄,记不清楚年龄,可能是 18 岁。10 岁那年,妈妈把我从家里赶出来。她说,家里实在没有多余的食物养活我,让我朝着西北方向走,那边有一间食物救助站,可以填饱肚子。在我 5 岁和 8 岁时,妈妈也对家里的姐姐们说过这样的话。后来,姐姐们走了就再也没有回来,我就成了家里唯一的女孩。为了活命,我只能听妈妈的话离开这个家。大约走了三个昼夜,我不知道在什么地方晕倒了,醒来时,就来到了"食物救助站",我曾以为那里和天堂没什么两样。在"食物救助站"里吃饭的全部是女性,有二十多人。这很正常,在我们当地,家中的食物总是要优先给男性吃。那是我第一次尝试吃饱饭的感觉,我发誓再也不会让自己饿肚子了。于是,我接受了救助站帮我安排的工作——去泰国卖水果。他们说,我到那边赚来的钱不仅能吃饱肚子,还可以攒下一部分带回来。我当时很开心,我以为我会赚钱后,爸爸就不会把我卖给老男人了。可我怎么也想不到,"食物救助站"把我送到的地方根本不是泰国的水果店,而是泰国的一家妓院。

在娱乐场里,老板把我的衣服全部收走了。他命令我打扫院子里的卫生,收拾嫖客们使用的房间,把厕所的排泄物装进一人高的大桶内。一个妓女的儿子会把这桶污秽运出去。我不能踏出大院一步,只能每天赤身裸体地从老板、妓女和嫖客们面前走过。

那时,我瘦得像一副骨架,没有人愿意跟一副骨架聊天,我只能看着院子里其他姑娘说笑。她们喜欢站在房间门口对客人笑着抛媚眼,应该是自愿来这里工作的。妓院老板会把嫖客留下的钱分给她们一点。生意不好时,她们一天只有两三个客人,攒半个月才能买一支眉笔;生意好时,一天有七八个客人,攒半个月就可以买新衣服。那段时间,我以为泰国缺少衣服,所以她们才总是热衷于接客、赚钱、攒钱、购买服饰。钱在这里没其他用处,我们都不能离开这个院子。

后来,我胖了,看起来像个人了,这给我招来了灾祸。

有一次,我在院子里打扫卫生,老板带来一个男人。那个男人牵着皮带把我往房间里拽,我力气不及他,就往地上躺,石子划破了我的皮肤。血和土混在一起黏在身上。他恼怒了,抽出自己的皮带抽打我,在院子里强暴我。我的嗓子喊破了,只能发出怪异的声音。耳边听到的是其他妓女的嬉笑声、助威声和那个男人的骂声。中途,那个男人再次拖着我进房间,我只能任由他摆布。

他走之后,老板提着水进来把我清洗干净。我哭着求老板放过我,他不说话只是帮我擦干身体,紧接着也强暴了我。我的指甲把他的脊梁抓破了,他便用刀割去我半个指甲。又伙同妓女的儿子将我抬起,扔进厕所装满排泄物的桶内。我紧闭着嘴巴,那些污秽顺着耳朵灌进脑袋里,还有什么比这更糟糕?

几天后,我不再挣扎。我太饿了,我发过誓,再也不会让自己饿肚子。我开始接客,其他妓女对我很坏,她们觉得我抢了她们生意。老板把院子里的杂活交给妓女的儿子,报酬是每周免费享用我一次。

日子一天天过去,老板对我放松了警惕。但我从未放弃过逃跑的念头。有一次,妓女儿子得了很严重的病,老板只能请附近的农户来把厕所里的污秽桶拖走,作为交换,拖一次就要免费为他服务一次。老板总是要等着污秽桶实在装不下了才舍得让他拖走。

没人愿意在臭不可闻的污秽桶周围多待一秒钟,我就找准时机,在深夜跳到桶里去,等着清晨农户把我带出院子。

我就这样逃了出来，臭烘烘地跑向警察局。警察们企图把我赶走，他们根本不相信我说的话。后来，他们的长官来了。这位长官让人把我清洗干净，耐心听了我的故事，并答应会送我回国，还让我在牢房中休息。不瞒你说，在牢房里的日子是我这些年最好的日子。我很信任那位长官，他把我送到遣送站，交给那里的负责人。负责人安排我乘坐满是货物的铁罐车离开泰国，车厢很拥挤，我在那里看见和我一样侥幸逃脱的女人。司机将我们带离了泰国，车门打开的时候，我们来到了柬埔寨的一家妓院，我再一次被骗了。

编号632不由自主地说起了她的故事：

我是孟加拉人，我很小的时候就在工厂里做苦工。后来，那些工厂说，政府不让他们雇用14岁以下的儿童。我被工厂解雇了，没办法赚钱，变成了家里的累赘。后来，一个艾滋病患者说处女血可以治疗他的艾滋病，我的父亲便把我卖给了他，作为交换，他给了我父亲一枚金戒指。后来，这个人又将我卖给了奈巴林的妓院。那时，我已经怀孕。奈巴林喜欢他手下的妓女怀孕。怀孕不影响接客，妓女诞下的男孩会成为他的劳动力，女孩会直接成为他的"摇钱树"。

编号630因为嘴巴被缝起来的缘故，吐字极不清晰。有几处句子，重复了几遍，阿水才听明白。她说：

处女凭证比黄金金贵，更比人命金贵。我是巴基斯坦人，我的丈夫比父亲还要老十多岁。不过,他常年在柬埔寨做生意,家庭富足。我们在柬埔寨举行婚礼。新婚之夜,我没有见红。他把这件事告诉了我的父母,叫嚣着要将我送回去。我的父母为了家族荣耀,乞求这个男人不要将我带回巴基斯坦。作为补偿,我的父母给了这个男人一大笔钱,他很快就用这笔钱娶了一个当地女人。我向丈夫解释自己是贞洁的,但他厌恶我讲的每一个字。他把我的嘴巴缝了起来,卖给了一家妓院。

阿水问她,恨不恨自己的父母。她说,不恨,在他们当地的信仰中,没有贞洁凭证的女人,应该被石头砸死。

此时的电梯里,弥漫着"看看谁更惨"的氛围。梁先生抬头看了我一眼,示意我缓解一下气氛。

我想这是在梁先生面前展示自己的机会,说道:"我的日子很单纯,一直在上学。周一至周五,从早上7点到晚上10点都在学校里上课,周末上补习班或者在家写作业。"

梁先生叹了一口气,说:"也挺惨的。"

我竟无言以对。7个小时后,电梯被修好,这里的效率真是"高"得出奇。

在返程途中,我思考着梁先生的话。他说,对于一些国家或地区而言,掩盖问题比解决问题简单多了,他们只需牺牲一些底层人的利益,就能避免很多社会治安事件的发生。

原来,这就是阿水用船底类比自己的身体的原因。她身上的"藤壶"被梁先生冲刷干净了。她通过梁先生设立的"无国界妇女救助机构"的援助,成为一名出色的口译者,充分发挥了自己在语言方面的天赋。

当天,回荡在机舱中的音乐里,有一句这样的歌词:"潇潇洒洒地,看我潇洒地上机,痛痛快快,愿能痛快话别离……"

我也要痛痛快快地告别过去的自己,潇洒地开启新征程。

这次任务结束后,老周让我复盘这次工作的得失,回忆当时的场景。我一字不漏地转述,老周根据我的转述进行分析,惊起我一身冷汗。原来,在我询问安保事宜时,梁先生的眼神发生变化,并不是他对下级询问上级感到不适。

老周说,梁先生被困电梯证明安保不力。不过,他是自己突然进来的,不必担心预先设伏。但我竟询问梁先生关于安保的事情。作为一个新人,我还没有获得他的信任。那一刻他意识到了可能存在危险,眼神才会发生变化。但他很快发现一切都在自己的可控范围内,眼神便随即恢复正常。

这也太小题大做了吧? 一个眼神哪里有这么多弯弯绕绕? 不过,老周的这番话也为我敲响了警钟。以前,我觉得会察言观色的人就是会装孙子。现在看来,"察言观色"需要很强的观察与逻辑分析能力,人的一切行为都有原因,尽管语言、动作、表情都可能会骗人,但一瞬间的眼神却很难伪装。

每次想到这件事,我都能看见电梯里那些女人的眼神,闻见那股湿漉漉带着腥臭的味道,她们当时在想什么? 我不知道。但我知道,我的这份工作虽然看起来"荒腔走板",却有"混口饭吃"之外的意义。

"第一次陪同梁先生工作,总计7小时,绩效奖金1万瑞士法郎。"我将这句话备注在一张照片背面。照片里的我眼部皱在一起,嘴巴微张,惊讶胜过欢喜,一副痴傻相。

这张照片是在这样的情景下被拍下的:那天,老周塞给我一个信封,信封里装着我的个人月度绩效明细表。我打开信封,内心翻涌,余光瞥见老周正不怀好意地摆弄着手机。我连忙强装镇定,但老周已经把抓拍到的照片发送到了我的手机里。

我实在没想到,一个月的薪资竟然够我在深圳关内买1平方米房子了。自从毕业后,我妈总催我相亲。她说,小雨是教师,在相亲市场里特别抢手,所以很快就结婚了。我这点薪资在别人的"人生大事"面前的确没什么好吹嘘的。但我还是把我的薪资告诉了我妈。我说,我这样的薪资,按照相亲市场里的规则,岂不是堪称王炸? 我妈说,女人薪资越高,男人越觉得你的职业不正经。我懒得理她,因为我已经从她顾左右而言他的对话里,感受到了她极力克制的欢喜。

我猜,我的那些男同事看见这份薪资明细表应该比我更开心。我起了"坏心思"想学老周抓拍我那样,拍下其他助理看见明细表金额时的表情。可他们收到信后,只是往包里随意一塞就继续忙手头上的工作。一个人是这样,换一个人还是这样。没有丝毫欲望打开看。不像我,3个小时内已经偷偷跑到厕所看了五六次。

就在那张纸快要被我揉烂时,我顿悟了。

那些助理级别比我高,他们代表梁先生处理各项对外事务的机会更多。像老周去香港区总部接我入职这种小事,司徒浩这样的高管都少不了要"上贡",如果换作他们"有所求"的大事,他们能少得了打点梁先生的助理吗?

四　每一秒都要拿出"临深履薄"的工作态度

柬埔寨之行回来后，老周就没有再安排我出差。他给我安排的工作是筛选梁先生工作社交平台里的信息，把重要内容浓缩到一张 A4 纸可以轻松装下，再由他向梁先生汇报。

起初，我听到老周安排给我这项工作，心里还一阵窃喜，以为能看到梁先生通讯列表里那些名人、明星发布的动态。殊不知，梁先生每 24 小时的未读信息量是 15000 条左右，这个工作真正做起来，相当于每天为毕业论文写一篇综述。那段时间，我连自己的社交平台信息都懒得看，哪里还有心情去看那些无须整理的内容。

整理庞杂信息只需要下苦功夫。从信息中辨别出哪些需要汇报、哪些不需要汇报才是技术活。这在很长时间内都是困扰我的一个工作难题。有时候，老周会提醒我："×××发的信息你汇报的时候给梁先生提一下。"我以为自己遗漏了重要信息是工作失误，后来才知道，是老周收了对方的"好处"。

老周把这些"好处"放在我们部门自己的小金库里，我也是贡献者了。小金库的钱并不是完全见不得光,梁先生知道它的存在。一些节日我们也会给梁先生准备贺礼,用的就是这里面的资金。但梁先生对这部分钱知道到何种程度,我就不清楚了。

老周会把这些钱不定期发给我们,有时也会把这部分钱拿来投资再给我们分红。我从未担心,拿了这笔钱就变成了和老周一条线上的蚂蚱。相反,我只怕老周不把我当自己人。不被他看作自己人是很恐怖的。即使升职也可能是明升暗降。比如,老周避而远之的那些高管。这些人中,有的曾经就是老周的同辈助理,他们从低到高爬上去了,但方向爬错了。

老周指哪儿,哪儿就是正确的方向。梁先生也从未对助理的工作表示过不满,一切工作调整都靠老周揣摩。老周每天都会复盘我们的工作,对一些他认为梁先生可能会不满的地方大发雷霆。起初,我觉得老周事多,皇帝不急太监急,心里故意把他和太监挂钩。后来才知道,老周这是为了我们好。

如果梁先生对哪一项工作不满意,他不需要表达任何不满,只需要换人就好了。我们的去留只在他的一念之间。这就像,当你对家里临时请来的保洁不满意时,你不会教她如何打扫卫生,你只会把她换掉请其他保洁来打扫。

所以,当梁先生的助理,每一秒都要拿出如临深渊、如履薄冰的工作态度。

梁先生的办公室很独特。老周说,这间办公室是一位日本艺术家设计的。阳光下,地板上的方格印迹若隐若现,一共是 36500 格,要非常仔细才能看到每个格子里都刻有日期。起始日是梁先生的生日,按照我们的生肖传统,他应该属虎。

梁先生很喜欢这个设计,这些格子时刻提醒着他,其中有一个就是他的死期。所以,他不会在无聊的人和事上面浪费时间,哪怕一分钟他都不乐意。

我也知道时间宝贵,但我从未善待过时间。小时候,我争分夺秒,用大把时间学习自己不感兴趣的知识。长大后,我全力以赴,又用大把时间做自己不爱做的工作。

我猜,梁先生对他的工作也没什么兴趣。他最擅长的就是集体决策,很少拒绝高管开会讨论通过的方案。如果高管们意见不统一,那就再开个会,统一方案后再拿出来给他审阅。

我甚至怀疑,梁先生签批文件时,根本就不看文件内容。否则,30 多页的文件,不可能在 5 分钟内看完。

重要事务会以电子文件的形式在集团的加密系统里传递。这部分文件,梁先生签批之后,还要等我们大董(他的哥哥梁耀邦先生)签批才会生效。他在浏览这些文件时,手指划过屏幕的速度,比我刷微博都快。后来,我的猜测得到了证实。因为梁先生竟然让我替他签批那些电子文件。

按照梁先生签批文件的效率，我觉得每周工作半天就够了。因此，当我得知梁先生每周只工作一天半时，一点也不惊讶。

这是为了方便照顾卡卡而有意为之的。卡卡还没有到接受正规教育的年龄，梁先生便和几位朋友聘请了一支教育团队专门教他们的孩子。每周的周一和周二上午，卡卡都会和这些小朋友在一起学习，梁先生的工作时间也安排在了这个时段。

在工作日，梁先生5点起床，5点半到7点半开始健身。他喜欢在这个时间段里游泳、跑步或者打拳。卡卡一般会在8点钟睡醒，梁先生会在她睡醒前回到她身边，陪着她洗漱，吃早餐。然后，帮她收拾学习资料，再把她送去学校。

上午10点，梁先生才会开始工作。工作的重头戏是他们的家庭会议，也就是梁先生和他哥哥姐姐的一个会议。这个会议决定的工作导向，即使看起来匪夷所思，也不允许有任何调整。

会议过后，我们会把访客名单拿给梁先生再次确认。有时候，他会邀请其中的人共进午餐。会客时间被安排得很紧凑，一些高管更乐意把时间约定在梁先生往返的飞机上，这样才能有更多的时间跟他交流。下午6点之后，梁先生不会再处理任何工作。除非卡卡不需要他陪着吃晚餐。

晚上9点半，梁先生就要哄卡卡睡觉。10点半之后才是他自己的时间。有时，他会直接休息。有时，也会做一小时左右的力量训练。

梁先生会拒绝工作，但绝不会拒绝卡卡。卡卡不需要他的时候，他才会安排其他事情。他在瑞士养了一些马，空闲的时候会去森林里骑马。我有一次去瑞士出差就是负责用马车（运马的车子）将他的马运到巴黎凡尔赛宫旁边的马场遛马。

有时候，梁先生只是窝在沙发上看书。为了给卡卡讲故事，他看了很多儿童读物。他看书很有耐心，能连续看完十几册古玉器全集，一边看一边收藏，从文化期到清中期的古玉器他都有。他说，每个时代的玉跟每个时代的文化是相通的，了解文化应该从玉里，而不是从书里。

有一点很奇怪，梁先生总是对医学方面的书籍表现出厌恶的样子。但只要有新的科研成果问世，哪怕还没有来得及出版成书，老周也会让我们想方设法第一时间找来相关资料，放在最显眼的位置。

这些爱好使梁先生看起来像一位老人，可他又对极限运动有着浓厚的兴趣。为此，他在体能训练方面下足了功夫。他喜欢攀冰、滑雪、翼装飞行，也投资了几个极限运动队，但他最爱的还是帆船运动。他说，他喜欢这种天人合一的感觉。

我总觉得,像梁先生这样的性格,应该嗜酒如命。但他不喝酒,只是对水有相当高的要求。老周聘请了三位全职品水师负责梁先生的日常用水工作,品水师在全球各地寻觅优质水源。食材应该用什么水烹饪,泡澡用水的矿物质含量应该如何搭配,都有讲究。有时候,梁先生也会和一些朋友盲饮,去猜那些水的产地。

除了品水师,我们也经常招聘一些厨师。梁先生的厨师团队分工非常细致。有的人专门负责订购食材,他们需要全球各地出差,有时,为了一条月亮鱼飞七八个小时;有时,又要为了面粉飞另外一个地方。

梁先生喜欢跟他的朋友比谁的厨师团队更厉害。

有一次,卡卡想吃甜味菜品。梁先生的朋友便建议让厨师们比一比松鼠鱼这道菜。从选材开始,鱼儿的长短、脂肪的比例都是比拼的内容。两位厨师在这方面难分伯仲。不过,上菜后,看刀功,我们的厨师是横向四刀,人家的厨师是横向六刀。单从这一点便可以看出,我们的厨师对中华饮食文化的理解,没有对方深入。但对方厨师制胜的关键点是卡卡认为他做得更好吃。

按照赌约,梁先生输给对方一幅画。对方也很识趣,把这个厨师送给了梁先生。

梁先生也不是每一餐都如此考究。有时,他会住在离我们办公地点很近的一套公寓里。这里没有专门照顾他起居的住家工作人员,他想吃什么,全靠我们助理揣摩。有时,我们会把厨师做好的菜品送到他的公寓。有时,直接在他家楼下的葡式餐厅或法式餐厅买现成的带给他吃。他也会驱车三四个小时到邻市吃猪肚鸡,那是一家开在村民自建楼内的大排档,看起来脏兮兮的,谈不上任何装修,但梁先生就是喜欢那里的烟火气。卡卡也特别喜欢那家店里的炸鸡腿,每次去都能吃整整一个。

有时,梁先生也会带着卡卡出海。这时,厨师便会跟着上船,船员们打捞上来什么就烹饪什么。有时,梁先生也带着卡卡捡海,从海滩或礁石下挖出藏着的螃蟹或者贝壳类,然后就吃这些捡来的海货。

只要梁先生去捡海,老周就会提前派我们去海鲜市场买海鲜。再把这些海鲜压在礁石下,或水坑里。为了保证效果逼真,我们要故意挑选一些小的鱼虾,或者把螃蟹的腿折断几只。每次,我们都要买很多海鲜,以防梁先生来捡海时,这些海鲜已经游回海里了。伪造捡海现场,耗时耗力。可如果不伪造,在海边找一天也找不到几只螃蟹。除此之外,我们为了给梁先生和卡卡营造一种捡海的气氛,还需要找些老渔民和小朋友,请他们来捡海,并支付他们费用。

我们一直以为自己做得天衣无缝。但有一次,老周再提议梁先生去捡海时,梁先生说:"不去了,你们太辛苦了。"原来,他在捡海的时候,捡到了一只南半球海域特产的螺。我们伪造的一切,早就露馅了。

有些小失误无伤大雅,但有些是绝对的红线,不能碰。老周说,梁先生的茶叶罐里有一块普洱茶饼,要求我像保护自己的小命一样护它周全。茶饼而已,在普通人看来有贵有贱,但在梁先生面前一块茶饼又算得了什么呢?我想老周是转移我的注意力,贵重的应该是那个茶叶罐。

后来,我发现自己大错特错。起初,我只知道梁先生在喝这块茶饼时,总会把身边的人都打发走。直到那天,我看见梁先生拿起那块茶饼,茶饼只剩下鸡蛋大小的一块,他看了半天,才舍得掰下花椒粒大小的分量放入茶杯,然后便把我打发走了。这时,我才知道这块茶饼的珍贵。我猜,这块茶饼不是普通的茶饼,它是有故事的茶饼,只不过大家不知道罢了。

我习惯了在日复一日的摸索与总结中,揣摩梁先生的喜好,讨他欢心。老周说,想做好这份工作,必须有悟性,只靠学别人的做法,是走不远的,我想我能走得远一点。

五　助理的价值不在于外表

　　小雨怀孕了,我的工作也渐入佳境,但东东还是没有出镜的机会。尽管我与东东的薪资都比小雨高出一大截,但在我妈心里,小雨才是人生赢家。

　　我妈说,虽然小雨不是本地人,但她是在编教师,娶她等于娶了一套学区房,这种相夫教子的种子选手是相亲市场里的香饽饽。但我实在想不通,如果小雨的条件真像我妈说的那么好,为什么不在相亲市场里深度挖掘,偏偏要选一个五官古怪、性格更古怪的男人当老公。

　　这个男人我之前见过,他们家住在我家附近,看起来有些木讷。我妈说这个男人很老实,一看就是踏实过日子的那种人。他在互联网大厂工作,年薪有70万。他俩做夫妻一个薪资稳,旱涝保收;一个薪资高,提高生活品质,简直是天造地设的一对。

　　随后,我妈话锋一转,说我瞎折腾,像这样的好男人原本可以近水楼台先得月的,却被人抢走了。每到这个时候,我就用自力更生走向致富道路的价值观引导她,她说不过我,就会挂断电话。

女人找个好男人真的会轻松吗? 我想,会的。但这样的好男人绝不是小雨老公那样的老实人,也不是梁先生那样的有钱人。看到燃燃为了讨梁先生欢心付出的努力,我都认为自力更生是我唯一的生财之道。

我有个搞精算的同事认真计算过。最后得出了这样的结论:一个女人被梁先生青睐的概率,接近于她从地上捡起一张碎纸,碰巧这张纸是本期中奖彩票。的确,无论男女,想要获得梁先生的青睐都需要使出浑身解数。而他们通过我们这些工作人员接近梁先生,所给的好处,也是我们的收入之一。

老周说,要想接触梁先生就得先过助理这一关。这句话,是老周嘴里难得蹦出的真话。想增大被梁先生约见的概率,就要给老周"上贡"。如果是份大礼,我们在汇报时就把他的事情放在最前面或者最后面,加深梁先生的印象。

别人见梁先生不容易,那助理呢,会不会近水楼台? 每个女助理听到这个问题都会发出一声叹息。像我们这样加班到三餐颠倒、内分泌失调的女助理,被梁先生潜规则的概率,就像路过北大就被北大录取了一样,简直是不可能事件。

这点自知之明,我还是有的。我把这些林林总总从工作中获得的财富,几乎原封不动地存在梁先生家的银行里。在这里存钱,不仅没有利息,还要收管理费,只求不要落得老鼠给猫攒粮食的下场。身边的朋友对我的做法十分不解。每次看见我存钱就下意识地想把手中的基金抛掉,以为金融危机要来。

其实,我只是不爱投资。曾经我也幻想过,利用职务之便接触金融内部消息,随随便便赚得盆满钵满,走上人生巅峰。当然,这个梦大多数"韭菜"也都做过,可怕的是分不清梦境和现实,醒来也这样做。

对于这种行为梁先生也十分不解。他说,他实在搞不懂,为什么那么多平平无奇、普普通通、毫无过人之处的人,会想着通过创业、投资、理财获得财富自由。的确,这年头能安稳度日已是恩赐。思来想去,像我这样的普通人,生财之道就是用时间换钱。

有时候我会想,为什么小雨热衷于相夫教子,而我和东东却热衷于赚钱呢?我想,这和我的梦想有关。我的梦想很简单,有钱就能实现,不像有的人,实现梦想还需要天赋和缘分。照这个标准,我应该对这份工作很满意。但事实却相反,这份工作总让我陷入不想活又不敢死的状态。

距离考核的日子越来越近,我的压力越来越大。这次转正考核会确定我的等级,根据等级差异,年终会额外发放 6 个月到 36 个月不等的基础薪资。当然不同级别助理的基础薪资差异巨大,可能别人干一个月就顶你干两三年。

这笔奖金与小金库里的钱不同,理论上说,不是老周想给谁就给谁的,他拟定好考核结果需要梁先生审阅。但梁先生从未变动过老周拟定的等级,都是直接签字,所以实际决定者还是老周。

当我有三分工作能力,老周就想方设法帮我拔高到四分。等我磨炼到四分工作能力,老周又把五分难度的工作交给我。

临近实习期考核,我越来越焦虑。总感觉自己走在一根越走越细的钢丝上,掉下来是迟早的事。

持续的焦虑使我开始掉头发,我突然发现自己斑秃了。我重新扎了扎头发,熟练地用发丝遮住斑秃的位置,心情平静。

这是我人生中第二次斑秃。第一次斑秃时,我才 3 岁。家人把我送进老家工厂里开办的幼儿园。幼儿园里的阿姨都是工厂里临近退休的女工人。这些处于更年期的女人把哭闹不止的我丢进了小黑屋,她们并没有打骂我,只是对我说:你那么爱哭,你爸妈不会来接你了,他们再生个弟弟,不要你了。

之后,我一天不落地在夜间惊醒,哭闹着不上幼儿园。家人在安慰我时,发现我的头上少了几块头发。刚开始,我被父母抱着跑遍了全国各地的医院。看着那些斑秃渐渐起了绒毛,由细到粗,由短到长,还来不及欢喜,头上其他部位又突然光了一片。希望被反反复复地捉弄,持续了 13 年,脑袋才长满头发。

在这些日子里,即使是再好的朋友我都没承认过自己斑秃。面对别人的询问,我习惯编一些蹩脚的借口掩盖事实。我说,理发师剪坏了发型;或者说,大师让我把这块头发剃了才能变得更聪明。别人也不傻,都聪明得不再询问。

但现在工作了,老周没有任何理由陪着我演戏。为了避免有传染性疾病危害老板健康,助理每月都要进行体检,而且马上要转正考核了,我瞒不久的。

这件事压得我喘不过气,再这样下去非得癌症不可。

我向老周坦白,他安慰我。我俩心照不宣,默认了我将要丢掉这份工作的事实。老周为我出谋划策,他想让我当面向梁先生坦白病情,然后再由他旁敲侧击,力求帮我讨一份"退休岗"的工作,这样的工作虽然没什么实权,但福利好,很轻松。以我刚入职的资历是万万轮不上的。

我很感谢老周,他铺开梁先生的日程表,开始帮我安排坦白的时机。

我进入梁先生的房间时,他正半靠在沙发上抽烟,背对着门。

从我入职起,老周就说梁先生在戒烟了,每个月少抽一根。他喜欢在筋疲力尽的运动后,躺在地上抽根烟。看样子,他应该刚刚打完拳,心情不错,老周很会选时机。

于是,我鼓起勇气,一股脑,把之前写好的词背了出来。太紧张了,背得太快了。我看见梁先生疑惑的表情,心想:糟了,他可能没听懂我讲的中文。正准备再解释一遍,梁先生坐了起来,突然问我:"你是新西兰绵羊吗?"

他的这句话,让我摸不着头脑。虽然我还在实习期,接触梁先生的机会不多,但对他直男化的语言风格多少还是了解一些的,但我听不懂他这句话的弦外之音。

梁先生看着不知所措的我,又说:"绵羊掉毛才掉价,你又不是绵羊。脱发也不会掉价,去忙吧。"

"我可以继续留在这里工作了吗? 我之前还怕您嫌弃我。谢谢,谢谢……"我语无伦次,双手不自觉地作揖,十足的奴才相,我竟然因为这句话失态了。

"当然可以继续工作,你没有做错任何事,不需要对别人的看法感恩戴德。"

从小到大,因为脱发所受到的委屈一下子涌了出来,我连忙离开梁先生的办公室。心想,像梁先生这样有身份的人都不在意,我又何必在意其他人的目光。就像梁先生说的,我的价值不在于外表。

老周看见我出来,忙问我情况如何。我说,梁先生让我留下来继续工作。然后,灵机一动,学着老周揣摩梁先生的样子,反问他:"梁先生的意思,是不是我通过了考核,可以转正入职了?"

老周说:"可以转正,就是要提醒你一点,得逞之后,不要笑得那么狡猾。"

现在回想起来,那一刻,是我整个职业生涯里,最开心的一刻。

六　富豪家的家庭教育

梁先生说，重要选择带来的影响，在一朝一夕中只能看到表象，在时间长河中才能看出福祸。我工作时间还短，并不知道这份工作对我的人生来说是利是弊。我只知道这份工作给我带来的转变很大。

立秋之后，老家的表弟表妹说要来深圳看看，他俩刚参加完今年的高考。表弟被一所不错的二本院校录取，表妹被一所非重点一本院校录取。对于没有学习天赋的孩子来说，在高考大省考出这样的成绩实属不易。

他俩是一对双胞胎，从小就很懂事，来我家吃饭时会主动清洗碗筷，也从没有乱动过我的东西。所以，他俩来深圳，我让他俩住在我的公寓里。虽然比较拥挤，但如果我让他俩住宾馆，哪怕我付钱，哪怕宾馆档次很高，在老家也会被说闲话，认为我嫌弃他俩，把他们当外人，所以我也只能让他俩住在我家。

来之前，我对他俩说："既然高考结束了，就来这边好好放松一下。"但他们却说,想找份暑期工,攒开学的零用钱。他们的父母虽然算不上富裕,但也不至于短了他俩的学费和生活费。

正巧,TC 香港区招募了一批实习生。这批实习生均毕业于海内外各大名校,并拥有硕士或博士学位。老周让我有时间去看看,如果有好苗子就带走培养。

我想,这是个机会,可以让弟弟妹妹也进去培训,提前感受一下职场氛围,跟着这些名校毕业生肯定能学到不少东西。

表弟问:"如果去 TC 参加培训,培训结束后能不能拿到实习证明?"

我说:"给不了。"

表弟说:"我们大学还没上,TC 肯定不会把我们留下来工作,连实习证明都给不了,那不是白用我们的劳动力吗? 我不去,我自己找好工作了。"

想什么呢? TC 的实习生每年都有固定名额,把你俩塞进去我还得欠 Tony 人情。趁着这难得的机会锻炼一下不是很好吗? TC 缺你们这样的劳动力吗? 那些名校生想来 TC 实习都要削尖脑袋,看来亲戚的事情还是少管为妙。

弟弟找的工作是去培训机构辅导小孩子写作业,一天200 元,还有 30 元的餐费补贴。妹妹也在这家培训机构,她的工作是电话营销,在家上班,通过电话邀请学生来试听课。底薪低,但提成高。

弟弟和妹妹都非常努力。弟弟每天回到家,嗓子都是哑的。妹妹更是从早上8点就开始不停地打电话,中午也在打,到晚上9点多还在打。弟弟休息的时候也会帮妹妹一起打。我每次去燃燃会所,都会抽时间回家看看。看着他俩忙碌的背影,我感觉我家乱得就像传销窝点。

他们用赚到的钱给爸妈各买了一件外套。他们的爸妈觉得孩子特别有出息,很轻松就能在深圳找到工作,特别开心,所以弟弟妹妹也很开心。但我看着他们开心的样子,总觉得他们很可怜。

我想到了梁先生说过的一句话。他说,教育资源几乎不可能公平,大多数家长对子女的教育会复制现有的社会阶层和关系,这就让资源的不公平变得很稳定。

以前我对这句话就是随便听听。现在看到弟弟妹妹的观念和家庭的引导观念,我对梁先生的话深以为然。

在弟弟妹妹的观念里,没有实习证明就是没用。在家庭长辈的观念里,能赚到钱就是有本事了。因为读书就是为了找工作,工作就是为了赚钱,赚钱是养活自己的一种手段。

冬春夏秋,日夜不分,大家都忙着养活自己,我妈忙着催我结婚。

小雨当了妈妈,东东还是没有出镜的机会,我们相聚的时间越来越少。我身边的朋友们开始陆陆续续地买房、结婚、生子。他们为了买房,为了结婚,为了生孩子,拼命工作。他们把拼命工作当作理所应当的事情,如果你非要让他们说出一个理由,他们会说:为了孩子。

我也在拼命工作。我为什么要这么做?我要买房子吗?如果不结婚就不用买房子。我要结婚吗?如果不生孩子就不用结婚,一辈子谈恋爱也很浪漫。那么,话又说回来了,我要生孩子吗?

这个问题,在一部分人眼里根本就不是问题,而是天经地义的事情。我家的长辈们无一例外都属于这一部分人。他们认为年轻人不生孩子就是没有担当,不愿意忍受照顾孩子的辛劳。的确,生小孩,养小孩,劳心劳力,还费钱。

面对这样的情况,我妈会从生养孩子的好处来劝导我,也会拿一个人衰老后无儿无女的悲惨吓唬我。她讲话的神态、言语的逻辑竟然与当初劝告我要好好学习时一模一样。她认为学生忍受学习的苦,天经地义。刻苦学习,飞黄腾达;蹉跎岁月,庸庸碌碌。

不知道从什么时候开始,只要我们通电话,无论讲什么话题,最后都殊途同归,指向催婚。

有一次,我妈在我工作期间打来电话,开口就谈让我去相亲的事情,我拒绝了。她指责我不懂得体谅父母的一片苦心,不知感恩,说着说着,竟然在电话那头哭了。我挂断电话,脸上的愠色还挂在脸上,碰巧被经过的梁先生看见了。

我连忙向梁先生解释,担心他以为我的消极表情是对他安排的工作有不良情绪。原以为他会像听八卦一样一笑而过,没想到他问我,如果一个男人欺辱了一个女人,然后向她承诺,对她好,这个男人言出必行,竭尽所能对这个女人好;然后这个男人要求这个女人对他心存感激,知恩图报,否则就是天理难容,这样合理吗?

我说:"当然,不合理。"

梁先生说:"很多大人在对孩子做这样的事情。他们把'为了孩子'挂在嘴边,劝导孩子生养小孩时,又会告诉他们生养下一代是'为了自己'。"

"为了孩子"这句话的逻辑起点本身就是错误的。人生充满各种困难、压力、竞争、疾病,大多数人的子女一出生就注定要面临这些问题。孩子越长越大,家庭对他的保护作用就越来越弱。一个孩子长大后的生活不会因为家人小时候的呵护而变得轻松,有些压力注定是逃不掉的。

大多数父母希望自己的孩子懂得感恩。梁先生说,他也想得到卡卡的关爱,但他希望,卡卡爱他是基于他是一个值得敬仰的人,而不是因为他带给卡卡生命。他认为自己能给予卡卡的,远比卡卡给予他的要少。所以,他才是那个需要感恩的人。

我问梁先生:"您是不是不支持生育?"

梁先生说:"我非常支持,我需要他们工作,非常努力地工作。"

我没想到,一部分人拼命保护的子女,在另一部分人的眼里只是劳动力。我并不否认孩子的美好,只是常常觉得自己不配拥有一个美好的生命。如果每个小孩都有选择权,我想他们会选择出生在梁先生家里,而不是我家里。

那我想要怎样的生活呢?我总觉得,我的生活空间应该是一个人的,当我关上门可以把整个世界挡在外面。而不是外面有外面的吵闹,家里有家里的吵闹。

我做了一个美梦,梦中的自己拥有了和梁先生一样的身份。我仿佛有了一盏阿拉丁神灯,想要什么,说出来就能实现。无法清晰表述愿望也无所谓,反正他们会先整出来,再改到我满意为止。尽管他们会做的东西我完全不会,甚至连看都看不懂,但并不妨碍我指挥他们。

我的美梦被老周的电话吵醒了,他问我是不是还活着?我低头看了一眼捧在怀里的古玉,为了它,我已经 27 个小时没合眼了。这块古玉是助理团队送给梁先生的礼物。

梁先生在看杂志时,随口说了句:"这块古玉很漂亮。"老周听见后,便安排我去买下来送给梁先生。钱倒不是问题,毕竟羊毛出在羊身上,费用完全从部门的小金库里出。

可是,能拥有这种藏品的收藏家根本不缺钱。而且那只是一本杂志,不是拍卖会的展品图册。我不知道要怎样斡旋才能让这块古玉的收藏者忍痛割爱。我单单找到这位收藏家就用了15个小时。老天保佑,这位收藏家与TC负责该区域的高管私交甚密。人情托人情,才得偿所愿。

梁先生要去华盛顿开会。老周让我务必赶上飞机,将古玉送到梁先生手上。我用上了投胎的速度,在梁先生登机后的3分钟内,赶上了飞机,将古玉献给梁先生。

梁先生把玩着这块刚刚得来的"心头好"。他的心情,看起来好极了。我知道,老周肯定收了别人的好处。漫漫航程,只要梁先生心情好,一些难办的事情就变成了顺水人情。

这时,梁先生的电话响了,是卡卡教师团队的负责人打来的。这几天,他们正带着卡卡在华盛顿练习网球。

那人说,卡卡学习网球的效果很不理想。已经过了下课时间,还没把球发过网。网球运动强度高,她已经超负荷了,但她不肯休息。她说,她答应了爸爸,见面时要一起打网球,不想爸爸失望。

教师团队的负责人希望梁先生与卡卡改个时间。比如,下个月再一起打球，这样就能学会发球了。

谁料，梁先生却说："如果卡卡没说停止练习，那就继续陪她练习。"

梁先生告诉卡卡："你不必在意其他人是不是失望，即使这个人是爸爸也不行。因为，你自己的状态自己最清楚，只要达到自己的期待，不让自己失望就可以了。"

通话结束后，梁先生打开卡卡的训练视频。卡卡挥动着球拍，无暇擦掉眼泪。燃燃看不下去了，她责怪梁先生重男轻女。

老周朝我使眼色，让我把燃燃的话接回来。我知道燃燃心疼卡卡，但用重男轻女这个词显然是不恰当的。老周确实是揣摩心思的高手，梁先生是卡卡的爸爸，在场的所有人中他肯定是最担心卡卡的那一个，只是没有表现出来。

怎么说才能把燃燃的话接回来，既不驳她的面子，又能给梁先生台阶下。那就只有从"重男轻女"这个词的解读入手了。梁先生和燃燃都在国外长大，哪里理解我们中华文化的精深奥义。我自作聪明，把"重男轻女"这个词中对女性的迫害解读成对女性严苛。

我说："在古代，重男轻女的思想盛行，也就是对女孩子比较严苛。但现在很多地区，都把女孩子当小公主宠着，不舍得让她受一点委屈。"

梁先生果然上钩了,他问我:"现在是个别地方有这种思想,还是普遍的?"

我说:"挺普遍的。我小时候还有一种说法,穷养儿富养女。也就是说,如果是男孩子就要穷养,不然不知道奋斗。如果是女孩子就要娇惯着养,不然,长大后给点好处就跟别人跑了。"在说这些话时,我的内心很自豪。毕竟,我所处的时代,男女更加平等了,思想也更加开放了,这是社会进步的表现。我说完后,还不忘得意地看一眼老周,怎么样?没给你掉地下吧。

但梁先生却更纳闷了,他说:"这种逻辑太诡异了。"

我一听"诡异"两个字,心里就有一种不妙的预感。难道我又说错话了,忙看向老周。只见他恭顺地问梁先生:"您对这种现象怎么看?"

原来老周是让我当炮灰,转移火力,他好装作虚心求教的样子,顺便把话题从卡卡身上转移到社会现象。果然,姜还是老的辣。

梁先生说:"目前,这个社会还是男权社会。这意味着,女孩子想要获得同等资源,就要付出更多的努力。娇惯的方式会削弱女孩的核心竞争力,这并不是性别平等的表现。在古代,重男轻女体现在剥夺女孩自我实现的机会。而现代,重男轻女体现在剥夺女孩自我实现的能力。本质上,都是折断她们的翅膀,让她们沦为别人的附庸。只不过,前者用压迫的方式,后者用柔和的方式。"

这句话犹如当头棒喝。无论在什么时候,优质资源都是稀缺的。蜜糖对核心竞争力的打击,有时比武器的破坏力更大。

反观卡卡,在梁先生的教导下,她确实比同龄的女孩子坚强,或者说用倔强这个词更恰当一点。

有一次,我们陪着卡卡在瑞士玩雪。她知道梁先生滑雪用单板,自己也想试试。我们给她换上了单板,用护具把她裹得跟粽子一样,严严实实。原本以为拍拍照片就算了。她却当真了,说这样动不了,没办法滑雪。

我们怕她摔倒,给自己添麻烦,便向她描绘摔倒后的惨状,"吓唬"她。但她还是坚持要把多余的护具去掉。面对我们的"恐吓",她说,她不怕摔倒,摔倒后会再站起来。

起初,她想停下时,就直接趴在雪道上。摔了好几次,才学会刹停。

那天晚上,我一回到住的地方,就把她的话记了下来。以此来提醒自己,不要害怕工作中遇到的问题。因为,跌倒了会站起来。

现在想想,梁先生秉承这样的教育思想,卡卡有这种行为就不难解释了。

卡卡的教育是经过梁先生精心策划的。她还没有到接受正规学校教育的年龄,目前接受的教育更像是私塾教育。卡卡上课的地点是一栋有庭院的三层高的别墅。平日里,只有七八个小朋友在这边上课。他们的年龄从 3 岁到 8 岁都有,共同完成部分课程。

由于梁先生要求陪伴卡卡的人必须隶属不同系统。作为助理,有时候我便会陪着卡卡一起上课,又或者全程看监控。

每周,卡卡只有一天在教室里上课,学习理论知识。周内的剩余时间,教师会按照学习的理论安排练习或者实践。

他们学习的方式很独特。上午,主要学习他们自己带来的事物,也就是他们好奇的知识。下午,学习教师安排的课程。晚上,这些小朋友会身着正装与教师一起共进晚餐,讨论收获。

有一次,卡卡为上午的学习准备了一张明信片。她对明信片上面印着的油画特别感兴趣。油画里,印着一个骑在马背上的赤裸女人。卡卡问她的老师,为什么她和爸爸去骑马的时候要穿衣服,而明信片上的人不穿衣服。

教师告诉卡卡,这幅油画叫《马背上的 Godiva 夫人》。是 1898 年约翰·柯里尔(John Maler Collier)创作的一幅油画。相传,这幅油画记录的故事大约发生在 1040 年的英格兰考文垂市。

那时,统治考文垂的伯爵决定向城中的百姓征收重税,百姓苦不堪言。这位伯爵的妻子就是 Godiva 夫人,她眼见民生疾苦便恳求伯爵减少赋税,减轻百姓的负担。这令伯爵非常生气,他认为城中的百姓只是贱民,根本不值得同情。一个贵妇人为他们求情,这件事本身就很丢脸。可是,Godiva 夫人却不这样认为。她觉得城中的百姓不是低贱之人,他们也值得尊敬。伯爵决定与 Godiva 夫人打赌,让她赤裸身躯骑马走过城中大街,仅以长发遮掩身体,如果城中的百姓全部留在屋内不偷看的话,就减轻赋税,Godiva 夫人答应了。

第二天,Godiva 夫人骑上马走向城中,市内所有百姓都诚实地躲避在屋内,令 Godiva 夫人不至蒙羞。事后,这位伯爵信守诺言,宣布全城减税,这就是 Godiva 夫人的传说。

教师给卡卡讲述了这幅油画的故事,询问卡卡听完这个故事后的感受。紧接着,又向卡卡介绍了这幅油画的存放地——考文垂博物馆的相关知识。这位教师对知识信手拈来,她的博学程度令我震撼。

午餐时,教师团队已经对卡卡上午的表现,拟定出一份诊断性评价,并把卡卡目前的价值观和他们预计通过这幅画引导卡卡形成的价值观做了罗列。同时让我们请示梁先生,价值观部分是否可以这样引导卡卡?这时候,我们会立即请示梁先生。

梁先生同意后,教师会在与卡卡共进晚餐时,再次讨论这件事,引导卡卡再次分享自己的感悟,巩固观念。如果课程比较重要,教师会直接建议梁先生出席当日的晚餐,从而确保卡卡在接受观念教育时,家庭与学校的一致性。

这样做很有必要。因为像梁先生这样的人有些观念是与众不同的,至少与我的观念大相径庭。

比如,梁先生问卡卡:"如果一条船即将沉没,你和船上剩下的五个人同时掉进了水里,这五个人的身份分别是医生、律师、天文学家、生物学家、厨师。而你有幸得到了一艘救生艇。你坐上去之后,艇上还剩余一个座位,你会怎么做?"

卡卡说:"我会赶快驾驶船离开。"

梁先生问:"为什么不去救人?"

卡卡说:"船上的位置不够,他们争抢的时候,会把我的船掀翻。"

梁先生并没有纠正卡卡的答案,相反他对这个回答颇为满意。

换作是我,面对这样的问题,只会思考救哪一个,绝对想不到,自己有可能会被掀翻。即便我能想到这一点,我会允许自己这么残忍吗? 所以,凡是涉及思想观念的问题,教学团队是万万不敢擅自做主的。

我记得,明信片的理论课程结束后,梁先生便带着卡卡去了考文垂博物馆进行深入学习。之后,在燃燃的建议下,梁先生又带着卡卡去巴黎度假。教学团队编排课程,便会因地制宜,最大限度地激发卡卡的学习兴趣。

燃燃在巴黎购物时,教师便带着卡卡去观察游客和本地人购物时的区别。教师们教卡卡如何购物,告诉她旅客如何退税,为什么要征税,法国对于各国的退税额度是否相同,为什么某些地方,例如在机场,会有不同的退税额度。最后,教师们又把关于税的话题回归到了《马背上的 Godiva 夫人》这幅油画上。

卡卡的教师团队善于从卡卡的兴趣点出发,以点带面进行讲解,我很喜欢陪着卡卡上课,甚至还有些嫉妒。如果我在读书时,可以接受像卡卡这样的教育,而不是和 60 个人挤在教室里,穿着一样的衣服,留着一样的发型,坐在木头板凳上呆呆地听着老师照本宣科,我的样子会不会与现在有所不同?

我扭头看着机窗,玻璃太厚了,什么也看不清。

华盛顿,灌木盛行,河岸绵长。

会议结束后,老周马不停蹄地开始办理后续的工作。我和另一位同事陪同梁先生和卡卡去公园看熊猫。熊猫在这边可是稀罕至极,人人都不想错过。

通往熊猫馆的必经之路上有一家商店正在做促销活动,

只要在商店内购物,就可以抽奖,没有空奖。那些从商店离开的人,手里大多拿着一个熊猫钥匙链,非常迷你,这应该就是所谓的安慰奖了。

卡卡看到后,很喜欢这个熊猫钥匙链。梁先生便让我们在商店里买一些东西,以换取抽奖的资格。但是,万万没想到,卡卡没有抽到安慰奖,反而抽到了这家商店的最高奖,100美元的消费券。

我开心极了,就像自己中奖了一样。我想,老周肯定得夸我,以为我暗箱操作,有意给梁先生和卡卡安排惊喜。

但是卡卡看到这个奖项后却有些失望,因为她想要的是那个熊猫钥匙链。

真搞不懂小孩子脑子里想什么,抽到大奖反而没有抽到安慰奖开心。之后,我们又买了几次东西,又抽了几次奖,终于抽到了好几个安慰奖。卡卡把抽到的钥匙链送给我们。她开心了,梁先生也就开心了。

晚上,我看着手里的钥匙链,突然意识到,当我可以选择的时候,我会无意识地选择更值钱的东西,而不是自己真正需要的东西。

我甚至觉得,如果突然降温,我的面前出现一件棉服和一个纯金的降温机器,我会选择纯金的降温机器。冷吗?忍忍就好了。

七　我在猪仔面前自愧不如

这次的华盛顿之行，梁先生的日程被安排得相当紧凑。不用想，老周肯定又赚得盆满钵满，往里面加入了不少给他"上贡"的高管。

碰巧，梁先生的姐姐正在华盛顿旅居，她邀请梁先生聚餐。老周只好让我把梁先生的日程表摊开，删减，修改。那些被挤出去的高管还需要我逐个打电话去致歉。

老周自从得知此事后就不断摇头。他反复问我，是否已经与胖胖的助理敲定了聚餐时间。我问他谁是胖胖，老周说，是梁先生的姐姐，大家私底下都这样称呼她。

作为一个女人，我最怕别人说我胖，两个"胖"字叠在一起，肯定非同一般。第二天，当我们到达后，胖胖的助理告知我们，胖胖还在休息，不便见客，让我请便吧。

啊？老周每次问我，我都会再向胖胖的助理确认一遍。我明明已经确认过好几遍了，实在没想到还会掉链子。而且胖胖的助理为什么不能早点通知我呢？出现这样的纰漏，老周还不得把我杀了。

我瞟了一眼老周,他竟然没有责怪我的意思。我抬眼打量梁先生,他也一副见惯不怪的模样。

来迎接我们的是一个面相比其他小孩子更憨厚的小男孩。他是胖胖的儿子猪仔,他比卡卡小两岁。他的屁股后面还跟着两只两个月左右的伯尔兹山地犬。卡卡很快就和猪仔玩在一起了。梁先生百无聊赖地看着他们在草地上奔跑。

突然,梁先生喊住猪仔:"猪仔,你的尾巴呢?"

猪仔用手抱住脑袋,显然没听懂梁先生的话是什么意思。梁先生指了指他身后的两只小狗,说道:"你看狗狗都有尾巴,你的呢?"

猪仔忙问卡卡:"有没有看到我的尾巴?"

卡卡说,从来没见过他的尾巴。猪仔听到后一下子就哭了,哭得特别伤心,他说他的尾巴丢了。

我看着哭泣的猪仔,心想,怪不得梁先生不放心卡卡单独和亲戚们在一起。原来,他自己就是那个欺负小孩子的"坏人"。

梁先生还不罢休,他继续逗猪仔,问他:"你记不记得上次见到尾巴是什么时候?"

猪仔憨憨地摇头,说道:"我不记得了。"

梁先生又问猪仔:"你失去尾巴时有什么感觉?"

猪仔说:"没有感觉。如果有感觉,我会把尾巴捡起来的。"

梁先生问:"那你觉得刚刚玩的时候开不开心?"

猪仔说:"开心。"

梁先生说:"可是,刚刚你也没有尾巴啊?为什么刚刚那么开心,现在却要哭呢?"

猪仔收住了哭声,再次用双手抱住头,他被梁先生的问题搞蒙了,好在身边的小狗一直扯他的裤子,他一低头就忘了这件事。

果然够憨。

梁先生把卡卡唤过来喝水、休息,并问她:"猪仔为什么会哭?"

卡卡说:"因为猪仔没有尾巴,但是两只狗都有,可是人是没有尾巴的。猪仔不应该为了失去从来没有过的东西而哭。"

我不由得感叹,小孩子与小孩子的智商差别可真大。

梁先生摸了摸卡卡的头,说道:"以后,如果你感觉自己失去了某样东西,在难过之前,应该先想一想这件事物是否原本就属于自己。"

卡卡问:"那应该如何分辨呢?"

梁先生说:"你只需思考一下,在拥有这件东西之前是不是快乐的。如果之前就很快乐,那这件东西就不是你的。可能有了会有趣,但不必为了没有而难过。就像猪仔,他看到两只小狗都有尾巴,但他没有,他就哭了。我们每个人都有属于自己的东西。不应该为了没有别人拥有的东西而难过。"

梁先生的这番话,也让我豁然开朗。我总是为了一些原本就不属于自己的东西瞎焦虑,所以越长大越不开心。可即便明白这样的道理又怎样呢?我还是会为这些身外之物难过。如果我像卡卡那么大的时候,就被这种观念熏陶,不知道自己会不会成为一个开心的人。

我再次见到猪仔的时候,是在卡卡的生日宴会上,他身后依旧跟着两只两个月左右的伯尔尼兹山地犬,它们好像并没有长大。

那天,前来拜访的人很多。我们收到的贺礼数量庞大。这些贺礼中,只有一部分是给卡卡的,更多的礼品是借此由头,送给梁先生的。

我们对礼品非常谨慎。会安排专人负责内检、消毒、拆封、拍照。之后,再把照片贴在新的礼品盒上进行编号、入库,做电子记录。

梁先生让我们从这些装有玩具的礼盒中,挑选 100 个,放在方格地砖上。

我们把这 100 个玩具礼盒按照每排数量不等的方式摆放。在摆放的过程中,小朋友都围了过来。梁先生告诉这些小朋友,十分钟后,他会把这些玩具礼盒收起来,并把这些礼盒的照片发给他们,只要他们把照片放在礼盒原本的位置,就可以把这个礼盒拿走,所以要在规定的时间内又快又准地记住玩具的位置。

小朋友们各自站在了不同的位置。开始计时后,他们争分夺秒地开始记忆,记完一排又记下一排。只有猪仔是个例外,我估计他没听懂游戏规则。别人都在低头记位置,而他却围着那些礼盒跑来跑去。一会儿看看这边,一会儿又看看那边,好不容易不跑了,又一屁股坐在了地上,再也不起身了。

时间结束后,拿到礼物最多的孩子是一个印度小姑娘,她是香港区一位高管的女儿。其次,是一个小男孩,他记忆的数量很多,但他把第一个礼盒的位置记偏了一格,尽管顺序没有记错,但第一个错了就意味着后面的位置全部错了。但是梁先生和在场的大人还是假装他没有出错,把礼物送给了他,小孩子们也不知情。记得最少的孩子是猪仔,他只记住一个玩具的位置,就是他坐下的那个位置。

梁先生把他招呼过来,担心他不开心。谁料,猪仔捧着那个玩具傻乐,他让梁先生帮他拆开。其他孩子都在讨论如何记忆得更多,只有猪仔已经坐在地上开始摆弄他的新玩具了。

猪仔说,其他玩具也很好,但他只喜欢这一个,所以就坐在了这个玩具旁边。

梁先生捏了捏猪仔的脸颊，又看了看其他还在喋喋不休的孩子。

那一瞬间，我在猪仔面前自愧不如。我不知道从什么时候开始，忘掉了自己真正想要的东西，或者根本不知道自己想要什么，就去拼命追求更多。一个人如果连自己想要什么都不清楚，那如何知道自己应该做什么呢？

夜更深了，我们在庭院中放起了烟花。

烟花响起时，小朋友们都用手捂着耳朵。只有猪仔看起来十分慌乱。他先是用手捂住自己的耳朵，又连忙放下，用手去捂住小狗的耳朵。

可是他腿边有两只小狗，他捂住一只，又赶忙去捂另一只。烟花都快结束了，他才捂住小狗的一侧耳朵，让小狗的另一侧耳朵贴住自己的腿。我想，他应该很爱这两只小狗吧。

陪同猪仔一起来参加卡卡生日宴的只有一位助理，猪仔的爸爸妈妈都不在。这位助理说，肖先生（猪仔的爸爸）要求猪仔每天5点都要起来遛狗，所以走哪都要带着两只狗狗。

我问他，这小狗怎么长不大，看起来和上次见到时大小一样。

他说，猪仔每个月都会换小狗。猪仔的爷爷有一家犬舍，专门改良伯尔尼兹山地犬。这些小伯尔尼兹山地犬都是实验用犬，两个月时送来给猪仔，由猪仔照顾一个月，等小狗三个月时再送回犬舍。

我问,为什么不留一只养大呢?

他说,这个品种的狗比一般同样体积的狗寿命短一些。肖先生怎么舍得让猪仔看到狗狗生老病死呢?

我想,如果从小养大一只狗,可能每十年要面临一次分别,如果只养一个月,那岂不是每个月都要面临一次分别?第二天下午,我看到猪仔坐在门口。他摇手,向昨天被他保护过的小狗道别,祝这两只小狗好运。然后,满怀欣喜迎接新的小狗。

八 努力是一种信仰

白天下雨,晚上晴。遇上湿漉漉的日子,梁先生就会待在燃燃的会所里。有时候,他在这里约见朋友;有时候,只是静静地待着,无所事事。

我走进燃燃的会所。舞台上,女歌手哼唱着二十世纪的爵士乐,慵懒的嗓音弥漫在空气中,台下却空无一人。

老周说,梁先生正在和燃燃推荐的项目人员聊天,对方是搞线上教育的。一听到"教育"二字,我的心里咯噔一下。

我有这样的反应,完全是因为侯君。侯君是一所民办教育集团的副董,这家教育集团是家族企业,旗下有两所民办高校和五所民办高中。

侯君说过一句令我印象十分深刻的话。他说,学校里的那些屌丝根本就不是用来教的,而是用来赚钱的。

我实在想象不出,一个怀揣这种教育理念的人,能创办出怎样的"好"学校。那些寒窗苦读的学生误入他的学校后,又会是怎样的人生?

在我入职前,侯君与梁先生就有许多项目往来。那时,侯君家的教育集团有个项目出了问题,急需资金支持。侯君的女友是一个小有名气的唱跳类女星,她告诉侯君,她有几个朋友经常陪一个大老板的女人切磋舞艺,她可以想办法通过这个女人接触到这位老板。

她口中的这个女人就是燃燃。燃燃喜欢邀请世界各地的舞者来和她一起跳舞。这些年轻貌美的女人在燃燃的会所里齐聚一堂,对梁先生虎视眈眈,但燃燃却毫不在意。

燃燃说:"这么多年过去了,梁先生身边只有我一个女人。"

开始我搞不懂,后来我才发现,比起"鹤立鸡群",艳压群芳的感觉更让她痴迷。

侯君的女友搭上了燃燃,通过燃燃把项目推荐给了梁先生。

燃燃把侯君家的项目推荐给梁先生时,TC 的几个部门一直认为这个项目太劣质了,但梁先生还是投了很多钱给侯君。梁先生说,他喜欢和年轻人合作。TC 的高管们听见梁先生这么说,便见风使舵,争着负责这个项目。

那段时间,侯君和梁先生走得很近。侯君说,他非常羡慕梁先生。他家的教育集团是他爸一手创办的,但他的姑姑和姐姐们,都有股份。他在做任何决定前,都要向父亲汇报。每次都要看别人的脸色行事,这让他很不爽。

梁先生说:"你爸不给你决策权,是因为看不到你的实力,但是你现在全力以赴拼命工作,也有可能是为他人做嫁衣,毕竟你爸爸想给谁就给谁。"

侯君听到梁先生这样说,便向他请教对策,想要上位夺权,梁先生再一次帮了他。

当时,侯君家一所学校正面临着本科评估,资金缺口巨大。于是,梁先生继续注资,解了他们家的燃眉之急。

资金是侯君找来的,而且这些钱是看在侯君的面子上才有的。这让侯君在集团里的威望一下子提升了不少。因为对于任何一家企业而言,资金充足都是至关重要的。在这种情形下,侯君的父亲将大权交给了他,自己只剩下了荣誉头衔。

在侯君上位之后,梁先生很快就帮他买下了一所私立大学。被收购的学校位于经济发达地区,而侯君家原有的两所民办高校则位于一个农业大省。这样的收购,怎么看都有蛇吞象的味道。

不过梁先生这边资金充足,收购工作进展得非常顺利。当然,梁先生不可能无条件注资。除了一些抵押物,梁先生还要求该校设立附属医院,由梁先生手下的公司负责医院的一切事务。侯君并不觉得自己吃亏,反而觉得梁先生人傻钱多,动不动就向梁先生寻求资金帮助。

我入职后,侯君的生意已经越做越大,但他的负债率也越来越高。

侯君扩大了招生规模,不仅面向高中招收大专生、本科生;还面向初中招收中专生、五年制大专生。但是,他的学校无论在硬件设施还是师资力量等诸多方面都不达标。侯君对此并不在意,因为他的招生队伍,已经习惯了从网络上找一些实验室、教学设备之类的照片印在招生宣传页上滥竽充数。

这些宣传页最终流向了县里的高中或初中。这里的学生原本不会轻信这些广告,但在他们校领导与班主任的大力宣传下,他们便对这些招生宣传页上的内容深信不疑。

侯君的招生团队通过给班主任提成获取生源。一个本科生 600 元,一个大专生 3500 元,一个"3+2"大专生 2500 元,一个中专生 1000 元。

因为大专生源竞争激烈,而本科不愁生源,所以制定了这样的招生回扣标准。

我问侯君:"如果推荐一个大专生的提成,比推荐一个本科生的提成高那么多,会不会有些唯利是图的老师为了得到高额提成,故意不好好教书。毕竟让学生考低分很容易,只要不认真教学就行了,这样又轻松又赚钱。"

这时,侯君便说出了那句令我作呕的话:学校里的那些屌丝根本就不是用来教的,而是用来赚钱的。

那个时候,我不明白,为什么梁先生要帮侯君这种人渣去祸害那些寒窗苦读的学生。燃燃也是一脸的茫然。直到两个月前,侯君再次向梁先生寻求资金支持。梁先生突然对他态度大变,不仅拒绝向侯君提供资金支持,反而开始向他讨债。

面对巨额债务,侯君无力偿还。走投无路之下,他听信了某位"高人"的建议,竟打起了自家员工的主意。他动员员工筹措资金购买股票。

侯君告诉员工:"你们劳苦功高,集团铭记在心。我们集团有很多专业的金融人士,他们会免费给你们提供理财建议,帮你们炒股。股市风险很大,如果集团的金融团队炒股输了,集团也会帮你们垫付,保全你们的本金。如果你们自己买股票,那就只能自认倒霉了。"

这种稳赚不赔的买卖吸引了集团下属学校大批教职工。这些天真又较真儿的老师知道这种事情不能明目张胆地做,却又担心自己投进去的钱没有凭证。最后,他们随便签了一份不相干的团购合同。毕竟,在他们看来,集团发展蒸蒸日上,谁都不想错过这种赚钱的机会。

教职工好骗,但骗来的钱毕竟有限。侯君又下了命令,对集团下属各学校实行封闭式管理。这样学校食堂、超市、商业街的营业额便大幅增加了。这笔钱足以支付教职工薪资,维持学校正常运转。至于学生的学费,未来十几年都要用于偿还梁先生了。

那些承诺给初中和高中班主任们的提成,也将落入梁先生的口袋。侯君并不担心这些人拿不到提成会闹出什么幺蛾子。因为给他们的每一笔回扣都有实名制记录。一个举报电话打过去,他们便吃不了兜着走了。

经过一番"开源节流",侯君确实在短时间内筹集了一大笔钱。但是,他对学生的压迫,对教职员工的欺骗,让他失去了父亲积攒了二十多年的声誉。他对生源推荐人的威胁,使他丢掉了父亲苦心经营的人脉。

衰败如雪崩,一发而不可收。如今,侯君变成了名副其实的傀儡。他爸一辈子的辛劳,变成了梁先生的囊中之物。

我不禁在想,梁先生会不会从一开始就做好了吃掉他们的准备?侯君的爸爸经历的事情太多了,很难控制。于是,梁先生任由这对父子夺权。

侯君实在是太容易驾驭了。现在,侯君得罪了自己的家人,得罪了自己的员工。梁先生像救世主一样收拾烂摊子,这些学校像敢死队一样,为梁先生的私立医疗事业提供能量。换言之,梁先生一开始就没想着办学校,他只是想依托高校发展私立医疗事业。毕竟,直接收购公立医院,成本太高了。

正所谓匹夫无罪,怀璧其罪,侯君此举无异于与虎谋皮。

教育行业里的蛀虫远不止侯君一人，这次来找梁先生谈项目的公司负责人比起侯君有过之而无不及。

这家公司把大部分资金花在了销售焦虑上。收割的对象就是那些有上进心的人和努力工作的人。不知他们是脑子坏掉了，还是良心坏掉了。他们肯定还不知道侯君的下场，否则早就躲着梁先生了。

这些人被打发走后，梁先生问我们："你们认为自己取得今天的成就凭借的是什么？"

在场的人说了一堆拍马屁的话。除此之外，基本上都归功于自己的努力。

比如我，出生在普通家庭，但通过刻苦读书，找到一份工作，并且在工作上兢兢业业。

梁先生说："我想你们能有今天，全靠运气。因为你很幸运，你出生在一个可以通过'努力'来提升自己的家庭。有的家庭并没有给子女'努力'的机会。那些看似日子过得还不错的中产家庭，其实是经不起大麻烦的，只是他们运气不错，并没有遇到什么灭顶之灾。运气不好的话，再怎么努力，也不可能翻身。有时候，根本不需要天灾人祸，只要他们的孩子不够优秀，他们就会被降级。"

我的同事说："机会来之不易，看来有机会就要拼命努力。"

梁先生说,并不是努力就会有收获。韦纳曾做过一项研究,研究指出:努力、运气、能力、任务难度、身心状态、其他因素这六个因素都会影响一个人的成败。这六个因素又可以从内在、外在;可控、不可控;稳定、不稳定的维度去划分。其中只有努力是内在的,可控的,而其他因素都是不可控的。用一项可控因素,去抵御五项不可控的因素。除非运气好,要不然一定很惨。有些人不信佛,也不信耶稣,只信"努力",他们的"努力"像是一种信仰,跟大多数的宗教一样,并不能让他们真正地摆脱现实的苦难,却可以在努力的过程中得到精神慰藉。

这时,我身边的一位同事便顺着梁先生的话讲:"选择比努力更重要。"

梁先生说:"哪里有什么选择?无非是相同选择的万般幻象罢了。一个学生看似有很多所大学可供他选择,但无论他们选择哪一所,本质上都是一样的。他们毕业后选择职业,看似有那么多职业可供选择,但只是工作内容不同,收益并不会存在万元与亿元的本质区别。"

老周说:"怪不得,咱们每年的资助名单里都有些四肢健全但又懒又穷的人。如果一个人遇见的外在因素特别差,他即便再努力,无非看起来像一个悲剧英雄而已。既然老天都如此不公了,那他们选择不挣扎,稍微懒一点也情有可原。"

梁先生说:"毕竟努力是很辛苦的,生活总要有点甜。"

我站在旁边默默不语,老周真是聪明。他一早就知道梁先生为什么这样说。每年资助这类"懒汉"的开支很大,一些高管对此颇有微词,但碍于梁先生的情面,谁也不敢有异议。

集团内部传言,梁先生就要调离大中华区去日本区工作了。他希望那些原本受到资助的人,不要因为他的调离而失去资助资格。

那努力的真相,真如梁先生所言吗?如果是这样,人活着岂不是只能接受宿命?我从小接触的教育和看到的事物,都引导我把一件事能否成功归因于自己是不是努力。

如此一来,我就成了梁先生口中的那种人,努力变成了我的信仰。但是,如果我把成败完全归因于运气或什么外在因素,一旦失败,我就会觉得自己的运气不好,这是不是太消极了?

不过,梁先生的这番话给了我另一种看待问题的角度。当我拼命努力时,我应该看到"努力"是有局限性的。如若不然,一遇到不好的结果,就把责任推到自己身上,难免会伤心难过。其实,梁先生的观点并不高深。中国自古就有"尽人事,听天命"的说法。并不是任何事情都可以人定胜天的。

TC 每年都会投入大量资金用作慈善事业:救助难民、孤儿、孤老和动物。除此之外,还有一项特殊的捐助,出资给优秀学生出国深造。

这些学子的家庭算不上贫穷。但入读顶级学府,学费只是一方面,想要获得更好的发展,就要结识更多人脉。不过,他们并不用担心高昂的社交费用,梁先生会为他们提供资助。

天下没有免费的午餐,这些人学成后会替梁先生工作。面对这部分高智商的受助者,我们只确定人员名单,至于他们需要多少钱,他们向我们提出申请即可,一般我们都会满足要求。

不过,这些人中也有真贫穷的,小南就是一个。

她的院校本身够不上我们对优秀学生的资助门槛。但她所在的项目组得到了梁先生的资助,她的导师也就顺道把她报上来了。

令我印象最深刻的是她的申请表,她填写的需求金额是260元。其他受助者填写的数目基本上在2000至3000元之间。虽然学校所在地不同,花费有差异,但差异并不大。我想,她可能是写错了,少写了一个零。

我打电话询问她。她的声音听起来很胆怯,她问我是不是写得太多了?随即又赶紧解释,她说,一个月正常开销200元就够了,这次多写了60元,是因为她的奶奶要过80岁的生日,她想买一件衣服送给奶奶当礼物。

我听到后很心酸。燃燃得知后，让我多打一些钱给小南。但是，却被梁先生否决了，让我按照她需要的金额打款。

几天后，梁先生去视察这个科研项目，我见到了小南。她和我想的一样，是个文弱的姑娘。白色的科研服裹在她身上，看不清她的衣着。

梁先生在和她的导师聊天时，小南拿着笔在本子上奋笔疾书，生怕漏下一个字。那个本子引起了我的注意，本子的纸张是参差不齐的。她看到我在看她的本子，不好意思地把本子藏在了身后。

小南的导师告诉我们，小南很节省，她从其他同学的废本上把剩余的纸张撕下来，订在一起当笔记本使用。

燃燃听哭了。

后来，我又陪同梁先生来这个地方出差。我猜肯定不是工作上的事情，要不然不会带着卡卡，还只用一个助理。梁先生让我订了一个蛋糕，他说要给小南过生日。

小南是如何联系上梁先生的？平时负责给小南打款的人是我，可她从没有告诉我。看来，小南很不简单。

一场简单的生日宴。饭后，梁先生带着卡卡在餐厅外打电话。小南趁机跑过来问我晚上住在哪里。

我让她放心，告诉她已经订好了酒店，等梁先生入住后就把她送回学校。

小南说,她回学校太晚了,今天也住在酒店里,明天可以自己回学校。

这样也好,省得我来回奔波。就在我准备多订一个房间时,小南问我:"现在订了几间?"

我说:"两间,梁先生和卡卡一间,我一间。"

小南说:"两个房间就够了。"

我知道她节省,但我不习惯和人共用一个房间,反正有人报销。谁料,我多虑了。

小南对我说:"你一间,我们一间。"

幸好,梁先生接完电话后,要夜航回去。我并没有告知梁先生,在他打电话的那段时间发生了什么,因为我至今也不愿意承认,那个在资助表上填写 260 元的女孩儿会变成想靠男人上位的人。

其实,自从我第一次见过小南后,除了按时把梁先生的资金打给她,也会私下里给她一些关心,燃燃也是。

有时候,梁先生会住在燃燃家里。梁先生的护肤非常"野蛮",他总是随便拿起燃燃的一瓶护肤品抹遍全身,有时候是乳液,有时候是面霜。以至于,燃燃的日霜只用了一点点,晚霜就见底了。

这时候,燃燃会把不成套的单品交给我,让我拿给小南。燃燃说,小南这孩子太倔强了,如果光明正大地送给她,会伤害她的自尊心。后来,她再交给我护肤品让我拿给小南,我都直接扣了下来。

我和燃燃帮的是一只狼。有时候,想想都后怕,如果那晚真发生什么,我该如何向燃燃解释。在所有人看来,负责与小南对接的人都是我。如果她真勾搭上了梁先生,我就摆脱不了牵线搭桥的嫌疑。

这种乐于助人的"毛病"得改。有时候,我帮人,并不是因为我善良。我只是在助人时感受到了自己比别人强的快感。

九 婚姻是女人的一场豪赌

临近圣诞,寒潮来袭,气温骤降。

卡卡迫不及待地想和猪仔一起玩。梁先生便安排卡卡先回瑞士,自己晚几天再回。

为了出行顺利,助理们早已将卡卡的行李准备妥当,清单也核对了三遍,但燃燃依旧不放心。她一有时间就去商场找灵感,担心有遗漏。每到这时,卡卡也会跟着她一起去,给梁先生挑选衣物。

卡卡为梁先生挑选的第一件礼物,是一套宝蓝色的运动服,这件衣服被梁先生视若珍宝。春秋天,他把这件衣服穿在T恤外面;天冷了,他就在这件衣服外面套羽绒服。因为被清洗了太多次,衣服的材质异常柔软。

在梁先生出行时,助理只需要把这件衣服放入行李中,方便梁先生随时取用,就不会出问题,特别省心。

不过,梁先生的正装和运动装备是有专人负责的。有一次,我去财务走报销手续,顺道把同事手里的账单拿去一起走流程。那张账单是给梁先生定制的机械袖扣，先不说价格，只说材质，就刷新了我的想象力。在此之前，我只听过机械的手表。

卡卡临行前一天，特别虔诚地向我们鞠躬，拜托我们好好照顾梁先生。然后，又缠着燃燃去逛街，说要选礼物送给梁先生。

卡卡给梁先生选了好多玩具。随后，燃燃带着她走进了一家冰淇淋店。平日里，燃燃对自己身材管理异常严格，几乎可以用"油盐不进"来形容，更别提甜食。但为了这一口冰淇淋，她已经提前半个月增加了运动量。

冰淇淋果然美味，卡卡吃完两颗冰淇淋球后，眼巴巴地看着燃燃，燃燃只好又给她点了一颗。卡卡吃完后，意犹未尽，还想再吃一颗。燃燃连忙阻止，卡卡倒也听话，并没有哭闹。

回到家，卡卡早已哈欠连连，但还是趴在桌子旁，一边画画，一边等梁先生回家。梁先生一进门，卡卡便连鞋也顾不上穿，直奔梁先生而去。她抱着梁先生的双腿，号啕大哭。

我看得目瞪口呆。

梁先生忙抱起卡卡，一边轻拍她的小脑袋安慰她，一边向她的卧室走去。几分钟后，卡卡就哭着睡着了。这也难怪，她和燃燃疯玩了一下午，刚刚在回家的路上就开始打盹儿了。

燃燃在门外徘徊，一分钟之内问了我两次："卡卡是不是不舒服？是不是生病了？"

她满脸焦急，直到梁先生走出来，听到他说卡卡睡着了，才松了一口气。

我心里却咯噔一下。卡卡并没有生病，但是看到梁先生却哭了起来。梁先生会怎么看我们？我们让卡卡受委屈了？就在我焦急万分的时候，燃燃却如释重负："小家伙，不就是不让你吃冰淇淋吗？吓死我了，我还以为是生病了呢。"

"什么冰淇淋？"梁先生问。

燃燃把不让卡卡吃冰淇淋的事情告诉了梁先生。她的说辞合情合理，我以为这件事就这样解决了，毕竟谁家父母也不会放任孩子吃东西拉肚子的。

谁料，梁先生是例外。

梁先生说："你应该让卡卡知道吃太多冰淇淋不好，而不是让她因为怕你而不敢吃，我的女儿不用怕任何人。"

"你的意思是我趁你不在，欺负卡卡？"燃燃从沙发上站起来，"她不是我女儿，但她是我一手带大的。在你眼里，我就这么坏吗？我做什么都是错的，她亲妈除了抛下你们还做了什么？"

燃燃的声音很低，像从牙缝里挤出来的。我能感受到她的愤怒。她夺门而出，梁先生示意我跟出去。他自己却无动于衷，在他心里，酣睡的女儿比生气的女友重要多了。

我跟在燃燃身后，暗骂梁先生是渣男。他的话，我听着都心寒，更不必说燃燃了，这几天她为了卡卡的事情可是操碎了心。但燃燃还没走出大门，便突然停住了脚步。

"你快看我的眼妆花没花，我要回去找梁先生道歉，我怎么犯这么低级的错误。"

我想，有病吧？

我问："你错哪儿了？"

"没有错就不能道歉吗？"卡卡性格敏感，我们觉得没问题，可能她害怕了，"还有，我最后说了什么？我是不是提 Carina 了？梁先生会很伤心的。"她边说，边用手拍打自己的嘴巴。

我拦住她。实在不明白，像她这样放到哪里都称得上女神的人，为什么非得在梁先生身旁作践自己？我建议她不要贸然行事，明天先探探梁先生的口风再另做打算。但燃燃担心梁先生因为这件事睡不好，非要回去道歉。

最后，我只好骗她，说她的眼睛哭肿了，不美了，她才作罢。

下班后，我学着老周教我的方法复盘今天的工作。自始至终，我都不觉得燃燃做错了。但我却错得离谱，我所做的事，偏离了一个助理的职业素养。

我是梁先生的助理，对人对事不能掺杂私人感情，更不能像燃燃那样不过脑子。想要在职场中保命,判断老板的是非对错远没有摸清老板的喜好重要。再说了,很多非原则性的问题根本就没有对错之分。

根据这件事,我判断梁先生是渣男,对我的工作又有什么益处?这种学生时代刷题时养成的非对即错的学生思维太可怕了。即使梁先生是错的,我能怎么做?因为这件事离职吗?说白了这件事又跟我有什么关系呢?

作为梁先生的助理,我要做的不是我认为正确的事,而是要站在梁先生的角度,做他认为正确的事情。在卡卡的问题上,燃燃一直在做她认为正确的事。从来没想过梁先生想让她怎么做。如果想不透这一点,那么,她做什么都是错的。

如果换作是我,又应该怎么处理这件事呢?一味地顺从卡卡任由她吃坏肚子肯定是不对的。但不让卡卡吃也不对。难道这个问题真的无解吗?如果换成梁先生,他自己会怎么处理?

我躺在床上辗转反侧,任由思绪乱飞,浑浑噩噩地睡着了。

霞光万道,燕语莺啼。

次日清晨,卡卡睡眼惺忪地从卧室里走出来,梁先生张开双臂示意要抱她。卡卡见状连忙捂住鼻子:"昨天,爸爸的腿撞到我的鼻子了。"

看吧,看吧,这才是昨晚卡卡号啕大哭的原因,跟我们一点关系都没有。我幸灾乐祸地看向梁先生,他也抬头,看了我一眼。

我想,看我干吗?自己惹的麻烦。

我说:"您今天的行程10点之后有个空当,预留这个时间可以吗?"

梁先生说:"她和你很要好,你去办吧。"

我想,让我替你去道歉?要是我男朋友惹我生气了,又让别的女生来道歉,那我就更生气了。

我说:"好的,您放心。"

我把这件事告诉了老周,他立刻安排了其他助理送卡卡去机场。这样,正合我意。过几天,梁先生回瑞士时,我也需要跟着去。眼看着,不能在家过春节了,偏偏这几天我也抽不出时间回家看看。这样便可以借着给燃燃买礼物的机会,去商场采购一番,为自己谋点福利。燃燃几乎不用哄,省下来的时间我还可以回家看看爸妈。我可真是个时间管理大师。

正在我为自己的计划沾沾自喜的时候,老周打来电话,问:"梁先生为什么安排你去?"

我说:"梁先生觉得我们关系好呗。昨晚,燃燃就想给梁先生道歉了,今天我再买份礼物送过去。肯定能搞定,你放心。"

电话那头的老周迟疑了一下说："想办法拖住燃燃,无论如何都不能让她联系梁先生。"

"为什么啊?"

"如果你搞定了这件事,就证明你和燃燃私交很好。燃燃是梁先生的女朋友,其他女人也可以是梁先生的女朋友。你是想梁先生换女朋友的时候,也跟着离职吗?"

我被吓出一身冷汗,连忙把车停在路边。我是梁先生的助理,如果我与他身边的其他人私交甚密,那我就有可能变成这个人在他身边安插的眼线。这让他怎么继续信任我?

老周能坐到现在这个位置,是因为他在梁先生眼里是一堵密不透风的墙。TC 的高管们没办法透过老周探到一点风声,如若不然,TC 一年换那么多高管,老周也不会稳坐泰山。

"老周,我知道怎么做了。谢谢你,又救了我一次。这个月,再让我加班,我也不会抱怨了。"

"只有这个月?我不求你涌泉相报,但你也别恩将仇报呀。梁先生对卡卡非常看重,这你也知道。他不允许同一体系的人陪着卡卡,就是为了防止他们串通一气,伤害到卡卡。如果你和燃燃关系那么好,我还安排你跟着燃燃去陪卡卡,那我也吃不了兜着走。好好想想,怎么处理这件事吧。"

但凡梁先生不在卡卡身边,他都会要求至少两个不同系统的人陪着卡卡。两个家庭教师是不可以的，两个助理也不行。要一个隶属教师系统的人和一个隶属助理系统的人才符合要求。即使卡卡和胖胖（梁先生的姐姐）或者大董（梁先生的哥哥）这些家人在一起，也需要有其他系统的人在场，以防他们合谋伤害到卡卡。

我把座椅靠背放下，躺了下来，真想睡过去算了。

我深吸一口气，拨通了燃燃的电话。我找到她的时候，她已经由内而外做完了身体护理，据说早上5点就来了，看来是做足了给梁先生道歉的准备。我跟她说了今天上午发生的事，她立马坐不住了，让我赶紧帮她约梁先生。

我说："要不咱再等等？"

"等什么呀？梁先生又没说什么，是我小题大做、出口伤人的。"

为什么燃燃在一夜之间变得如此机灵。确实，梁先生昨晚只是说要让卡卡知道不能吃冰淇淋的原因，并没有责怪燃燃。反倒是燃燃，一时没控制住情绪，跟梁先生吵了起来。

关键是，我也跟着犯晕，还自以为聪明地暗示梁先生去道歉。天哪！我简直愚不可及。

"梁先生虽然没有做错什么，但你是他的女朋友，偶尔闹闹小脾气，也是情侣之间的情趣。"我实在编不下去了，硬着头皮说，"你瞧，要是我们昨天去道歉，梁先生今天就不会派我来了。这意味着,他很担心你。如果我们现在不主动联系他,他会不会亲自来哄你来呢?"

"会吗?"燃燃问道。

"女朋友"三个字让燃燃非常受用,因为梁先生根本就没给过她任何名分,她虽然满脸不信,但还是答应我先试一试。

我把燃燃送回她的会所,又在老周的指挥下"适时"地出现在了梁先生面前。我向他坦承了自己的无能与自不量力,幸运之神再一次眷顾了我,只听梁先生说:"还是我去吧。"

我难以相信自己的耳朵,问:"您是要去给燃燃道歉?"

"没办法啊,生闷气容易得癌症。"

梁先生的脑回路让我无言以对。突然间,我觉得他和燃燃很般配。发生冲突后,他们都没有计较谁对谁错,都更在意对方的心情,都会主动做出让步。这同我在大学时,那些闺蜜遇到的恋爱难题完全不同。看来我这个冒牌的爱情军师,以后还是闭嘴吧。

路上,我的私人号码突然响了起来。这个号码只有我的家人和特别要好的朋友才知道。而这些人都知道我工作忙,接打电话不方便,所以打电话前都会先用短信问一下我方不方便接电话,从没有突然来电的情况。

我低头瞥了一眼电话号码,竟然是小雨打来的。

小雨分娩时,比预产期提前了一个多月。她是外地人,娘家人来得不及时,我爸妈便去帮过几天忙。因为家里开着大排档,时常也会给她煲些汤送过去。后来,小雨知道我的工作很忙,便总替我去探望父母。

所以,看到她的电话,很担心爸妈身体出问题,但我还是挂掉了。刚挂掉,电话又响了。梁先生说:"接吧,没事。"

我的手机连接着车内蓝牙,一听到梁先生这么说我便立即接通。电话那头随即传来了小雨的声音:"救我,能不能来一趟我家?"

"我……"小雨的话,让我六神无主。残存的理智告诉我,我还在工作,梁先生还在车上。

"马上到。"梁先生在我不知所措的时候,说出了下面的话,又道,"靠边停车。"

我机械地执行着梁先生的命令,把车停在路边,让梁先生坐到驾驶位。他开车极稳,又快。小雨家在我爸妈家附近,我们很快就到了。

她家的大门敞开着,我们把车直接开了进去。两层自建小楼的窗户全破了,屋内仿佛发生了局部地震,水晶灯的碎片散落在地板上,沙发、衣柜和不知道哪来的木板被分成两堆,叠放在客厅中间,一条带血的狗尾巴露在其中一堆木头的缝隙外面。

"别动,会塌的。"一人高的木堆下传来小雨的声音。我掀开一块木板，看到了被困在木板缝隙中的小雨。很显然，那条狗就是因为乱动，被身上的重物压死了。

我问："报警了吗?"

"千万不能报警。"小雨说。

正当我束手无策的时候，小雨喝得醉醺醺的丈夫，骂骂咧咧地从门外走进来了。"臭娘们儿，找帮手。"他手里拿着劈木柴的斧子，猛地砸向我。

幸好，梁先生紧跟其后，从背后抓住了他的衣领。他一个踉跄，转身便朝梁先生砍来。只见梁先生抓住他的手腕，用力一转，随即他发出一声惨叫。不用想，肯定骨折了。一个醉汉的蛮力，怎么与整天打 MMA 的梁先生比? 打不过就跑，他把自己锁在屋内，隔着门板叫嚣着要告梁先生。

梁先生没有理他。他研究着压在小雨身上的木堆，从另一堆木板中挑出几条长木棍，从不同方位插到木堆里。他引导小雨缓慢地调整姿势，再往外爬。小雨的身体挪出来三分之一，木板便摇摇欲坠了。

小雨哭着，不敢再移动了。梁先生见状立马俯下身，将胳膊伸了进去，抓住小雨的腰带，像从抽纸盒里抽纸巾一样迅速把小雨抽了出来，木堆随之哗的一声结实地压在了地板上。

我不敢想木块塌下来的后果，人要是在下面，不死也残了。还好，小雨没有受伤，只是受到了惊吓。

我一直以为她嫁得很好，不用像我和东东那样奔波，从没听她说过家暴的事情。

梁先生让我们先上车，我搂着她坐在后排。她嘴里从始至终都重复着一句话"不能报警"，十几分钟后，才平静下来。她向我借化妆品补妆，遮盖脸上的印迹。

我问："为什么不报警？"

小雨说："他之前不这样，后来迷上了网络赌博，赔了钱，被公司知道后，也丢了工作。"

"我是问你为什么不报警？"我看着眼前木讷的小雨，很生气。

"你没生孩子，不会明白的。"

梁先生在场，我不便多言。在小雨的坚持下，我们把她送到路边，她说她要打车去婆婆家，老公的爸爸会处理这件事，让我们放心。

她走后，我迅速调整心态。要让老周知道刚刚发生的事，他非把我剁了不可。

我忙向梁先生道歉，并邀请他去我家的大排档吃饭，这里离我家很近。之前，梁先生带卡卡赶海时来过这片区域。当时燃燃便提议去我家尝尝我妈的手艺，后来因为卡卡困了，便不了了之，这次正好是个机会。

梁先生同意了，他说："明年，我就要去日本工作了，如果这次不去尝尝估计以后就没什么机会了。之前,燃燃就馋你家店了,我怕麻烦你,看来麻烦是少不了的。不过,过几天我们回欧洲,你不能在家陪着家人过春节,正好可以趁这个机会陪陪他们。"

没想到,我的这点小九九也被梁先生看穿了。那他会怎么看小雨呢?我索性开口问他。

梁先生说:"报警是会留案底的,很可能会影响她孩子以后的升学和就业。一个妈妈即使在未来帮不了孩子,也不想给孩子添堵。她要先做回自己,才能帮自己。你救不了她的。"

人与人的差距,真的比人与猪的差距都大。像梁先生这样的身份,都会担心燃燃生闷气对身体不好,而小雨的老公却像折磨畜生一样折磨她。

看来,婚姻就是女人的一场豪赌。

结婚后,小雨是太太,是妈妈,只是不再是她自己了。梁先生说得没错,她要先找回自己,才能开始新的生活,否则谁也帮不了她。

梁先生光临我家寒舍,我爸妈喜不自胜,早早地便站在门口等候。没一会儿,老周也把燃燃送来了。燃燃藏不住自己的心思,一脸的喜色,怎么看也不像在生气。

梁先生看着她得意的样子,便提醒她:"我是来听你道歉的。"

燃燃盯着梁先生说:"我只会用行动道歉。"

梁先生的耳朵"唰"一下红了。

卡卡一走,燃燃便肆无忌惮。只要卡卡在场的时候,梁先生都会与她保持一段距离。连牵手都没有,更别提如此亲密。估计在卡卡心里,燃燃只是和我们一样照顾她生活的助理。

为了这顿饭,老爸老妈可是煞费苦心。我妈把所有的海鲜都小心翼翼地逐个洗干净,然后才放进锅里蒸,许久没下厨的老爸亲自下厨,给梁先生做了他最拿手的羊腩煲。两人把家里特级三头日本禾麻鲍全部拿出来招待梁先生。虽然这些食材对梁先生来说不算什么,却是我们家的镇店之宝。他们甚至借来了邻居家旅游时买来的一套银制餐具。在他们心中,国宴也不过如此。

梁先生邀请我爸妈一同用餐。他俩竟然扭捏了,小心翼翼地望了我一眼,直到看见我肯定的眼神,才敢坐下来。他俩奴颜婢膝的样子,看得我心里酸酸的。我不想看见他俩为了我的前途讨好别人,一点也不想。

知女莫若父,我爸看出了我的心思。趁去端菜的工夫,对我说:"傻丫头,咱这是先礼后兵。看老爸的,他指定不敢在工作中给你气受。"

我爸再次坐回饭桌时,对梁先生说:"您一看就是被保护惯了的人,一般的客人都坐在靠窗或者风景好的位置,但您坐的这个位置是咱们店里最安全的座位。我以前当兵的时候,保护过很多大人物,就让他们选这类座位。"

燃燃快言快语,说:"梁先生在摩加迪沙当雇佣兵的时候也是这样。"

短短一句话,直接把我爸说愣了。在见到梁先生之前,我爸天真地以为可以凭借他残存的走样肌肉吓唬一下梁先生。但看到梁先生壮硕的身姿后,他只好放弃原本的计划,改用这句话让梁先生明白他曾经身经百战,至今宝刀未老。

可没想到,梁先生还有这样的"曾经",这一局,我爸完败,他默默地去厨房做饭了。听我妈说,很久之后,我爸嘴里还常常念叨:乖乖,摩加迪沙是什么地方? 战火随处可见,有钱人都这么不惜命吗?

吃饭时,梁先生故作不经意地提出让燃燃和他一起回欧洲过圣诞节。燃燃默不作声,眼泪滴进了碗里,仿佛多年积压的委屈一下子得到了释放。这次的圣诞节,梁先生的家人都会出席,谁都知道这意味着什么。

饭后,梁先生让老周从我爸妈这边订一些干鲍和花胶,发给助理们当福利。我家开的是大排档并不生产这些食材,这明摆着是让我们当中间商赚差价。

晚上,我留在家里陪爸妈。我妈说,梁先生考虑得太周到了。这顿饭,如果付钱,我家面子上过不去;如果不付钱,我家经济上就难了。随后,我妈话题一转,说:"你以后找对象就要找梁先生这样的。眼睛清澈、纯粹,一看就是个坦荡的人。"

"纯粹?"我把今早发生的事情告诉我妈。我妈一口咬定,是老周想多了。她说,老周总揣摩别人,看谁都有八百个心眼。老周机关算尽争来的东西,梁先生与生俱来,根本不需要费一点心思,所以纯净。

我妈说起梁先生的时候,一副陶醉的样子,不知道的,还以为梁先生是她儿子呢。她边说边上下打量我,随后叹了一口气:"你这辈子是没戏了,至少得东东那样的才有可能。你还是学小雨,找个踏实的嫁了吧。"

我犹豫了一晚,还是没敢把小雨的事情告诉我妈,怕她为我未来的姻缘担忧。但我告诉了东东,她好像很忙,只回复了三个字"知道了"。

我又失眠了。我想,像梁先生这样的人,真如老周口中所说的,每句话都有弦外之音吗?还是被我妈猜中了,老周只是把自己的城府投射在了梁先生身上?

刚入职时,老周就告诉我不能轻信别人的话。可我,因为老周三番五次帮我,就对他的指令深信不疑。虽说小心驶得万年船,但也不能看谁都像嫌疑犯。

我看着相框中学生时代的自己,又看了看镜子里现在的自己。希望我在谋生的同时,别丢了眼中的清澈与纯粹。

十　有的捷径是自取灭亡,有的捷径是直通巅峰

三天后,我们在法国落地,准备驱车前往瑞士。这时,大董的助理通知梁先生,说大董不来欧洲了,让我们自行安排。

燃燃见家长的愿望落空了。不过,这并不妨碍燃燃沉浸在当老板娘的美梦中。

自从梁先生说要带着燃燃回瑞士过圣诞节,同事们便在心里默认了燃燃是我们老板娘的事实,他们对燃燃的态度前所未有地热情。

在他们眼里,我为燃燃鞍前马后,那么燃燃与梁先生结婚后,肯定不会亏待我。他们提前恭喜我,认为我一定能在年底的考核中取胜,顺利升职。

说实话,我自己也这么认为。那天,大董的董秘让我们上报出席圣诞晚宴的名单,燃燃的名字赫然在列。这意味着,燃燃的身份变成了他们的"家人"。我的同事们对燃燃的态度由尊重变成了谄媚。不过,老周依旧不动声色。

既然大董不出席圣诞晚宴,我们就不用赶时间了。舟车

劳顿,卡卡睡着了,我们决定在法国住一晚,稍作休整再回梁家祖宅。

卡卡睡着的时候,手里还抱着一只企鹅。她一直对海洋生物有着谜一般的热爱,但她最喜欢的动物是企鹅。她手里的这只企鹅是前几天猪仔送给她的,她爱不释手。

第二天清早,卡卡吃饭时,把企鹅放在自己的腿上。不出所料,食物的残渣纷纷落在了企鹅身上。卡卡见状,拍了拍企鹅身上的残渣,又随手拿起一块西瓜啃了起来。西瓜汁和油脂混在一起,很快,企鹅就被弄脏了。吃完西瓜,卡卡又抱起了这只脏兮兮的企鹅。

不用想,她的衣服肯定也脏了。我下意识地想要提醒,却被燃燃抢先一步。

燃燃对卡卡说:"你看企鹅身上多脏啊,我们换一个玩具好不好?"

卡卡低着头,没说话,只是把怀里的企鹅抱得更紧了。

这时,梁先生对燃燃说:"你的手链上有一道划痕,换一条吧。"

我站在一旁纳闷,梁先生怎么突然冒出这么一句话来。

燃燃心直口快:"我才不要呢,这可是我的宝贝。"

梁先生说:"公仔也是卡卡的宝贝,干吗让她换掉?"

一句话把燃燃噎得说不出话来,这"后妈"还真不好当。

幸亏刚刚说话的人不是我,要不然就惨了。

梁先生把卡卡放在自己的腿上,说道:"企鹅脏了,你问问它愿不愿洗个澡再和我们一起去旅行?"

卡卡听到梁先生这么说,才舍得把怀里的企鹅递给我。我连忙装作抱小婴儿的样子,抱着企鹅,带它去清洗。正当我准备去洗的时候,卡卡跑了过来,站在门口,一脸担忧地看着自己的企鹅。于是,我一边洗,一边问企鹅:水烫不烫,洗澡舒不舒服?

燃燃也紧随其后,学着卡通人物的声音,跟我一唱一和。一会儿,卡卡就被她滑稽的样子逗笑了。她依偎在燃燃的怀里,突然说要告诉我们一个秘密。

燃燃的好奇心一下子就被点燃了,只听卡卡说:"爸爸是企鹅,我也是企鹅。"

燃燃心中的八卦之火瞬间熄灭,她故作吃惊地说道:"你的爸爸是只企鹅,你也是只企鹅,以前都不知道呢!"

卡卡并没有意识到燃燃是在敷衍她,特别认真地对我们说:"企鹅爸爸负责陪着企鹅宝宝,企鹅妈妈负责去海里觅食,等我再长大一点,我的妈妈就回来了。"

卡卡这句充满童真的话就像一把利刃,直挺挺地插入了燃燃毫无防备的心。

"以后,我就是你妈妈。"

燃燃这句话,几乎是喊出来的,别说梁先生听见了,我想,餐厅外面的同事们也听见了。卡卡哭声震天,梁先生忙把卡卡抱走。

三个小时后,老周告诉我,梁先生已经到瑞士了。他让我尽快把燃燃安排好,赶紧去瑞士处理后续的工作——梁先生调任日本后大中华区的善后工作、日本区的筹备工作,还要准备我自己的考核。

我的脑袋一团糨糊,一点也不比刚清空了第二瓶白兰地的燃燃清醒。

她坐在地上,后背靠着床,让我帮她再开一瓶酒。

她自顾自地说道:"卡卡的妈妈是梁先生导师的女儿,她的名字叫 Carina,是一个比梁先生大 15 岁的老女人。"

一个"老"字将燃燃对她的敌意暴露无遗,我把话题从 Carina 身上转开,问:"什么导师?"

"梁家人都会有一位导师,这位导师主要教他们怎么做人。梁先生和他姐姐出生后,并没有和父母住在一起,而是由大董照顾。大董哪里有时间照顾小孩子,所以,梁先生 3 岁时就被送到了导师家里。这位导师原本是梁家的私人医生,专注于脑外科研究。他对梁先生很严厉,经常非打即骂,但对自己的女儿却言听计从。那时候,Carina 总是挡在梁先生前面保护他。他们父女俩一个唱红脸一个唱白脸,演了一出好戏,让梁先生在不知不觉间开始依赖 Carina。长大后，也一直跟着他们搞医学研究。这哪里是给梁家培养人，完全是给自己培养女婿。"

我问道："十几岁时，梁先生不是和你在一起吗？"

"我的傻妹妹，是睡一起，不是在一起。Carina 总把他当孩子看，我就骗他，处男就是孩子，Carina 当然不会喜欢。青春期的男孩子，只要稍微挑逗一下，就睡到了，那是轻而易举的事情。"燃燃说话时，脸上一丝得逞之色都没有。反倒是唰地一下落泪了，"他连一句骗我的话都懒得说，他的第一句话竟然是：'如果你是 Carina 就好了。'我以为自己不在意，但十多年了，我从未忘记。后来，梁先生一直陪在 Carina 身边。他们的年龄、身份悬殊。我并不认为他们会在一起，我一直等着梁先生。后来，Carina 入职 TC，成为大董的董秘，她和梁先生的关系才逐渐得到大董认可。而我，还傻傻地一直等着他。我是他第一个女人，他是我最后一个男人。他为什么这么对我？"

我不知道怎么安慰眼前的燃燃，只好说："但现在陪在梁先生身边的是你，并不是 Carina。"

"那是因为 Carina 突然消失了。她生下卡卡后，把卡卡扔到了柏林的弃婴仓里。后来我接到医院的电话，他们说，医院接到的婴儿怀里放着一封信，里面注明要与我联系。我以为是恶作剧,正当我要挂掉电话时。医院那头又读出了梁先生的信息。后来,事实证明,卡卡就是梁先生和 Carina 的女儿。"

燃燃告诉我,那封信是 Carina 写的,信上说:我要专注于科研事业,我不要梁先生了,但是弃婴仓太小,塞不下他。

从那以后,燃燃就和梁先生一直照顾着卡卡,看着她一点点长大。

关于燃燃口中的弃婴仓,我只是略有耳闻。听说为了最大限度地保护弃婴者的隐私,这些弃婴仓的位置都很隐蔽,附近没有摄像头这类的监控设施。所以,把卡卡放入弃婴仓的人到底是不是 Carina,这一点很难求证。如果真是 Carina,这个女人得多狠心?她竟然还能在信中调侃梁先生。这得是个怎样的女人。

弃婴仓的外门一旦关闭便无法再次打开。一分钟后,警报响起,医院里的儿科护士便会把婴儿抱走。如果弃婴父母反悔,可在八周内联系医院,经 DNA 测试确定身份后就能取回婴儿。由此可见,Carina 只是想把卡卡交给梁先生,并不是要遗弃她,要不然就不会留下信件。

"可是,为什么 Carina 不直接联系梁先生而要联系你呢?"我问燃燃。

燃燃愣了一下,然后放声大哭:"臭显摆呗!让我眼睁睁地看着自己深爱的男人被她玩弄于股掌之间。"

　　我顺着燃燃的话安慰她："你有没有想过，Carina 这么做也可能是为了你好？她知道你是个好女人，有你照顾梁先生和卡卡，她才能放心离开。没准她早就死了呢？"

　　"是吗？"燃燃转忧为喜，她自问自答，"肯定是。哪有女人能这么狠心，为了事业能抛弃自己的男人和孩子呢？肯定是死掉了。"

　　我想，Carina 的意图显而易见。像梁先生这种级别的人物，肯定会被很多女人惦记着。小时候，积累的感情再深，他也终究是个男人。如果给他身边暂时选个女人，选燃燃是最合适的。毕竟，像燃燃这样对梁先生矢志不渝，有魅力，又容易对付的傻姑娘，这年头可不多了。所以，Carina 只是暂时离开，早晚会回来。而梁先生也需要一个女人照顾他和孩子。在这场游戏中，迷失的只有燃燃。连卡卡都知道，她的妈妈是会回来的。

　　我说："嗯，死掉了。"

　　经过我毫无逻辑的安慰后，燃燃的心情很快就好了。卡卡毕竟是小孩子，一觉过后便忘了，反而还吵吵着要见燃燃。梁先生对卡卡的转变感到困惑，他不知道，来之前燃燃偷偷答应过卡卡，要带她吃企鹅形状的冰淇淋。

　　老周让我负责梁先生就职 TC 日本区的前期筹备工作。

而我,利用职务之便,帮东东谋求了采访 TC 日本区高管的机会。

每次与东东通电话,我都能感受到她语气里的落寞。虽然东东不说,但我知道她这一年过得并不好。因为没有资源人脉,根本没有出镜的机会。偶尔有几次领导开眼,也会被其他带资的人给截和。她只能在幕后通宵写稿,靠笔杆子拼命。她熬的夜比吃过的盐都多,天却始终都没亮。我觉得自己有些对不住东东,有时候我会想,是不是我把东东的运气借走了。要不然为什么我入职 TC 后平步青云,但东东在工作中却壮志难酬。

如果不是东东在我最低谷的时候帮我一把,我现在还不知道在哪个人才市场里奔波呢。现在她遇到困难,我也该做她的破局人。老周曾告诉过我,很多事情要学会睁一只眼,闭一只眼。那些我们自以为保密的小动作,其实梁先生都清楚。水至清则无鱼,一个无欲无求的助理,梁先生也不敢要。

如果我只是一个民办小学老师,拿着一份死工资在小镇朝九晚五,日复一日,就算我想帮东东,我也没有能力。俗话说,阎王好做,小鬼难缠。我现在有了"狐假虎威"的权力,能够凭借梁先生助理的身份,大开方便之门。当一回"小鬼"又如何呢?再说了,滴水之恩应当涌泉相报。我帮东东是报恩,怎么能说是滥用职权呢?

这些小事儿,在 TC 高管眼里,连举手之劳都算不上。他们把采访资格给谁都一样,为什么不能给东东。东东没有靠山,没有资源,我为什么不能当她的靠山呢?我有什么理由不去帮东东呢?我做的这一切,天经地义。

为了这件事,我一直在自我催眠,给自己找借口。没想到,TC 日本区的负责人竟然把 TC 日本区人事变动的独家新闻给了东东所在的公司。这个人情砸得我有些蒙,我再一次领略到了给梁先生当助理的好处。

我把这个消息告诉东东时,东东对我千恩万谢,这让我很不习惯。这一年,我们都长大了。以前我们互相帮忙后,都忘不了互损几句,根本不好意思用"谢"字。那时,东东总会照着我的肩膀给我一拳,再给我一个拥抱,并向我承诺请我吃一个月大餐,然后一次也不兑现。而现在,东东的语气里是诚惶诚恐的感激。我的心里又酸又苦,如果换作是我去求别人帮忙,我也会自觉矮了三分。

日本,京都,雪后更显古朴。这座日本古城,没有东京的繁华,也没有大阪的热闹,却有一种怡然独立的古朴气息。

雪后的京都要比往日里更浪漫一些,远远看去,那些黄灰色的百年小店都蒙上了一层素白。有人说,我们可以在这里找回失去的古代建筑元素。那么,我们失去的东西,也会急着找回我们吗?

梁先生抵达京都后,原本计划带卡卡去参观金阁寺,但遇上这样的天气,只好取消了游览计划,让燃燃带着卡卡回住处休息。

我心里一直记挂着东东要去 TC 日本区采访的事儿,迫不及待想见到她。刚巧梁先生给了我一个合适的借口,我向老周申请先去总部做准备。但梁先生得知此事后,他说不用准备,他直接过去。

我给东东发了消息,想问问她情况如何。但东东可能已经在采访了,或者在忙别的,她没有回复我。我的心里有些不安。

梁先生的突然到访让 TC 日本区的高管毫无准备。他们原本要在这个时间接受记者的采访,但现在他们哪里还顾得上那帮记者。

对于记者而言,采访机会来之不易。即便被放了鸽子,也不敢有什么怨言。他们在 TC 的休息区等候,迟迟不愿离开。

京都气温骤降。平日里,那些穿着精致的商务人士纷纷在西装里套上了一层夹绒衫。穿短裙的女孩子也换上了长裤。我在这些等候的记者中搜寻了一圈,目光落在了那个熟悉的身影上——正是等待采访的东东。

因为要上镜,东东穿得很单薄。浅咖色的职业套装,在她身上显现出了高级定制的风采。在刺骨的寒风中熠熠生辉。任谁看到都会眼前一亮,赞她是一位绝世佳人。

可能是因为采访行程太过匆忙,我在东东随身拎着的小提包上见到了她的登机牌。姓名、联系方式异常醒目。我担心她暴露隐私,忙向她使眼色,提醒她收起来。

我在心中感叹,东东的工作真是太忙碌了。可此时不是交谈的好时候,我收敛起心神继续处理老周交代给我的工作。

梁先生看到休息区等候的媒体人,便让高管们先去接受采访。还好他们当时站在了庭院里,梁先生隔着窗户看见了,如若不然,岂不是要等数个小时。

我一边在心里感谢梁先生的仁慈,一边暗暗给东东打气。希望东东能通过这次采访,一炮而红,从此平步青云,成为她老师口中的传媒奇才。

我一得空闲,便赶紧溜出去打探东东采访的情况。可是那位高管却告诉我,来采访他的人并不是东东。难道这次采访机会又被人截和了?

我的大脑一片空白。这件事太突然了,完全超出了我的预料。谁能想到煮熟的鸭子还能飞了?何况还是在我眼皮底下。

我想到了一个人——张宇。张宇在日本区属于 SVP(高级副总裁)层级,而我这次直接找了 TC 日本区的负责人帮东东安排采访。按道理来说,张宇不会更改自己上司的决定,更何况我和东东没有得罪他,他为何要使绊子把东东换掉呢?难道这个男人如此小肚鸡肠?

我打不通东东的电话。工作人员告诉我,这些媒体人都在休息区旁边的花园内等候。

来日本区前我就听说过,TC 日本区的花园浓缩了日本园林的精华,很有特色,其中蕴含着日本传统美学与哲学思想。走在其中不但能细细体味美丽的景色,还能探寻人生的意义。换作平时,我定然会绕着花园逛上几圈,记录下这些美好,但此时我只想快点找到东东。

我绕到了花园里侧,果然,那些媒体人都在这里。我看到了东东,也看到了梁先生。

梁先生壮硕的身姿在这群媒体人中格外显眼。这些媒体人看样子是把梁先生当成了 TC 的普通职员,他们并不知道梁先生的身份。所以他们闲聊的神态和话题都很轻松,画面也很和谐。

他们讨论的话题主要围绕着被放鸽子的原因。其中有个人说,今天 TC 有位股东突然到访了日本区,那些高管正在忙着应付这个大人物。这位大人物可不是一般的股东,他是 TC 实控人梁耀邦先生(大董)的亲弟弟。

一个人听到后,连声抱怨:"大人物的时间是金钱,我们的时间是粪土,只配在寒风中等待。"

我不知道梁先生听到他们的讲话会作何感想,如果是我,一定找个小本子,把他们公司的名字全部记下来,拉黑。

东东身在其中,却没有附和那些媒体人。梁先生不认识东东,东东在此之前也没有见过梁先生。但是,我会向东东吐槽一些工作上的事情。虽然我讲的都是些无伤大雅的事情,抑或是对老周压榨我的吐槽,但以东东的智商,她应该对梁先生这个人有了大致的了解。

东东站在梁先生身侧。虽然我用老周"水至清则无鱼"的理论安慰自己,但实际上,看见他们出现在同一个画面中,我的心里忍不住发慌。我怕梁先生看出来我认识东东,更怕他知道我利用职务之便为东东谋求独家采访的事情。我可真会自己吓唬自己,东东没有去采访,就算梁先生有所察觉,我最多算得上谋求私利未遂。再说了,我这点儿鸡毛蒜皮的小事儿在梁先生面前算什么呀,这哪里算得上谋私呢?"顺水人情"罢了。

我没敢走过去,我在与他们相隔十几步远的距离站定。这个距离,不至于打破他们畅谈的气氛,又刚好能清晰地听到他们的交谈。他们每个人手上的动作和脸上的表情都被我尽收眼底,这是一名合格私人助理的职责所在。

他们在闲聊中谈接下来的安排。其中一位年龄稍长的媒体人说:"当然是连夜赶稿喽,明早就要出新闻。"

另一位年轻的女媒体人说:"我第一次来日本,原本想着如果采访结束得早,定稿后还能挤出些空闲的时间去京都的商场里逛一逛。"

这两位媒体人的回答明显代表了大家的心声,大家相视一笑,气氛更活跃了些。

梁先生的心情似乎也不错,他附和地笑了笑,也说道:"京都难得下雪,可以去逛逛公园。"

京都的公园多得很,而且都有自己的特色,的确值得好好逛一逛。比如音羽山上的清水寺,冬日里子安塔红白相映,据说幸运的人还能看到神迹降临。比如圆山公园,不少游人购物之后会来此处小憩,逛累了庙宇的游人也会来此处缓缓心神。虽然圆山公园的樱花季格外美丽,但冬日里听说也有另一番风情。还有日本著名作家三岛由纪夫书中的金阁寺,银装素裹的金阁寺听说格外神圣,金色和白色的撞击美能直达心灵。

年末,工作上的事情、我个人考核晋升的事情,都挤在一起,扑面而来,压得我喘不过气。我虽然喜欢京都,其实也没逛过京都的公园。以前是没钱,现在是没时间。梁先生提议去逛公园倒是符合他绝不把时间浪费在商务工作上的性格。希望老周能安排我陪同梁先生去度假,而不是安排我陪同他处理商务工作。躺在私人小岛的沙滩上,或在雪山之巅顺势而下,实在不行顶着寒风去逛公园,也好过在会议室里听报告。

一阵寒风吹过,大家下意识裹紧衣服,有的人还忍不住缩了缩脖子。梁先生似乎这会儿才注意到这些媒体人的穿着与他相比都太过单薄。毕竟没有哪个媒体人不知道外在形象的重要性。面对如此难得的采访机会,他们不约而同地选择了"美丽冻人"。

梁先生问:"你们穿得这么单薄,会不会冷?"

20℃的天气,穿成他们现在这样的厚度也不会热。除非是患了"肌肤无感症",否则怎么可能不冷。我看了一眼东东,她的套装裙下只穿了一层薄薄的丝袜。这就是一名合格的打工人的职业素养,可以吃不好,睡不好,有时候还穿不暖。

我在心中吐槽,只见东东直接抬起素白的胳膊,轻轻握上了梁先生的手。她对梁先生说:"您感觉一下,看看我们冷不冷。"

身为合格的助理,我虽然仔细研究过梁先生的动作和表情,还专门去学过几节心理学微表情分析的课程,此时还是没分辨清楚他那有些意外和愣怔的表情是不是发自内心的。

我太了解东东了,她是冻傻了吗?怎么会突然抓住梁先生的手。小时候,她摸路过她身边的狗都会先问一问狗主人。

这个东东完全不是我认识的那个人。

在大家看来,梁先生的表现就是意外和害羞了,现场的气氛一下子暧昧了起来,像是在调情。在场的媒体人都是人精,大家眼睛一转,互相传递着消息,也有人绷不住捂起嘴偷笑。

东东不会是想勾搭梁先生吧?不会的,肯定不会。以东东的外表与气质,但凡她少一丝清高,这些年她都不会如此辛苦。东东不是轻浮的姑娘,即便她知道眼前这个男人是梁先生,也不应该有这样的举动。也许东东有自己的考量和打算吧。

我瞥见了张宇,连忙收回思绪。

张宇并没有见过我。也许,他连我的简历都没见过,就看在东东的面子上,把我塞进了 TC 香港区的培训班。不过,就算他化成灰我也能认出他来。

落井下石之人是卑鄙小人。当初,张宇为了得到东东所做的一切无异于编织了一口深井,让我主动跳下去。如果东东不答应他,就任由我自生自灭。

东东拒绝了张宇,但我从不怪她。不义而富且贵,于我如浮云。相反,如果我依靠那样的方式获得工作,我每天上班都会感到羞耻。

今非昔比,我是梁先生的助理,TC 日本区的高管都要卖我几分薄面,张宇又算什么呢?我阴暗地想过,如果张宇有事求我,我一定会践行老周的那套理论,收了他的东西也不会给他办。甚至我不会收他的东西,我会借此羞辱他。总之,我就是要当张宇职场路上的绊脚石。

张宇的出现打破了梁先生营造的和谐场面,也打破了东东和梁先生之间那似真似假的暧昧气氛。他应该是来和这些媒体人对接工作的,没想到竟遇上了梁先生。

张宇生怕这些媒体人打扰到梁先生休息。他急忙让其他工作人员安排这些媒体人去 TC 内部的休息区休息。自己则留下来,站在梁先生面前卖乖。

张宇出现的时候应该正好看见东东握住梁先生的手,不知道他会作何感想。

天色暗了,雪更亮了。

晚上 6 点,TC 日本区的高管为梁先生设宴,燃燃作为梁先生的女伴出席晚宴。

我与燃燃同车而行。远远地,便看见高管们站在路旁等候,约莫还有 200 米的距离,他们已纷纷鞠躬至 90 度。

TC 内部有个不成文的规定,这样的礼节仅适用于像梁先生这样的股东。换言之,这是梁家人的专属。

这些老狐狸,肯定知道了前些天梁先生邀请燃燃出席梁家圣诞晚宴的事情。虽然梁先生还没有对外宣布过燃燃的身份,但这么多年过去了,梁先生身边唯一和他同吃同宿的女人就是燃燃,只差一纸婚约而已,这些墙头草怎么舍得错过这种献媚的机会。

这样的场合,日本区的高管们定然要充分表达诚意,见面礼必不可少。为了保障梁先生的安全,我与另一位同事要先对他们带来的贺礼进行检查,检查合格后,才允许他们把这些礼品当面呈献给梁先生。

张宇在我面前毕恭毕敬地介绍他带来的礼品——一件宋代建盏。

我说:"宋代建盏确实不错,和梁先生院子里喂狗狗喝水的器皿有异曲同工之妙。"

我的同事看了我一眼,他没料到我会如此讲话。不过,他以为我把实话讲了出来,并不知道我与张宇有过节。目前,梁先生在日本居住的房子是他姐姐胖胖的资产,庭院里喂狗的器皿确实是宋代建盏。

如果是其他人的宅院,我会颇为震惊。但这次在瑞士,胖胖带我们参观了她的私人博物馆。她把自己的画作摆放在最显眼的位置。老周说,胖胖经常将宝石磨碎掺在颜料里使用。如此"奢华"之人,用宋代建盏饲养宠物,也在情理之中。

张宇听到后,面不改色,他让人把建盏送上来给我检查。我心中一紧,万万没想到,捧着这个建盏的人,不是别人,正是东东。

东东为什么会在这里？她为什么会和张宇一同到来？

我想我的表情一定很差劲。我盯着东东，想从她完美无瑕的脸上看出些端倪，可是她并没有看向我，一眼都没有。

东东将这件礼物递给梁先生，梁先生颇为满意，顺手邀请她坐在了自己另一侧的座位上。

我旁观着这一切，心想：TC 的独家采访，张宇和东东，突然去和媒体人聊天的梁先生，这些事件到底有什么联系？难怪老周一直吐槽我"单蠢"，没有他的指点我根本看不明白。

或者说，我不是看不明白，我是不愿意承认。我看向燃燃，她在喝茶，脸被茶盏挡住，看不清神色。

东东表现得很主动，比我认识她的任何一个时刻都主动。她看着梁先生的手表，我真担心她当着燃燃的面儿再把手搭上去。

东东向梁先生谈起手表的设计师。她说，这是她最敬仰的设计师，而梁先生的这块手表是这位设计师的收山之作。她还说，她有幸跟着导师采访过这位设计师，这位大师的作品在细节之处颇为讲究，从表盘到表链都要亲手打磨……

东东侃侃而谈，我听不懂，但大受震撼。

高管们也似乎被东东丰富的学识和独到的见解惊住了。他们纷纷放下杯盏，静静聆听着东东的讲述。

　　梁先生听完后,翻了翻手腕,看了一眼腕表,说:"今早随意戴上的,原本感觉没什么特别之处。听你这么说,才知道这块表的背后竟然还有这样的故事。"

　　说到这儿,梁先生很自然地将手表摘了下来。他拉过东东的手腕,亲自给她戴了上去。东东露出我从未见过的娇俏神色,她微微低着头,红着脸。我听不清楚她对梁先生说了什么。只见梁先生托住她的手腕,又用拇指划过她的手背。

　　现场的一众高管自然而然地赞赏,好表配佳人。他们的话将现场暧昧的氛围推向了高潮。

　　燃燃被冷落在一旁。我不敢看燃燃的眼神,以她的性格估计已经在心里把东东砍了八百遍了。我担心她在这样的场合做出过激的举动,但她只是死死地咬着下唇,始终没有对梁先生有一句半句的抱怨。

　　这时,梁先生的手机响了。听语气,我便知道是卡卡醒了,闹着要见梁先生。果然,梁先生挂了电话,便带着燃燃匆匆离开。

　　今天的东东是反常的,梁先生也是反常的。燃燃应该从未受过这样的刺激,这对她来说不亚于当面羞辱。TC高管们见风使舵的本事一个比一个强。与他们相比,老周那刻薄的嘴脸简直可爱极了。

　　我想我有必要和东东聊一聊。在刚刚那一片暧昧的气氛中,即便我再"单蠢",感情上再木讷,我再不愿承认,我也要面对这个事实了。

我自认为很了解东东。了解她的远大抱负,了解她自力更生的品行,了解她读研时那段艰苦的日子,了解她决不妥协的倔强。但现在,我不得不承认,从一开始,东东的目的就不是单纯的采访。

梁先生走后,我把东东约到了一家小酒馆。京都的小酒馆,独有的烟火气令人微醺。

我在等待东东的到来,我想她快点来,又没做好面对她的准备。

这家小酒馆的装修很别致,左边临着一条小河,右边临着静谧的住宅区。门脸不大,但很有古韵,门两侧还挂着红色的宫灯。酒柜上挂着一排日式玩偶,很有风情。

据说这家酒馆的老板是一位还俗的和尚,大家都叫他和尚老板。他年少时出家,在寺院里过了二十几年。在而立之年遇到真命天女,并为之还俗,就在这里开了家酒馆。其实我把位置定在这里,也是有私心的。我希望东东能回头是岸,找到自己的真命天子,而不是做利益和欲望的替身。

东东坐了下来,没有说话。我看着昏暗的灯光下,她被长发遮住的脸颊。她给我点了一杯鸡尾酒,那是我最喜欢的味道。这个味道让我安心，我觉得东东还是我认识的东东，或许可以听进去我的劝告。

不管是高中、大学、读研还是工作，追求东东的男生数不胜数。其中不乏官二代、富二代、事业有成的行业翘楚，但东东都没有动心。我坚信东东今日的所作所为不是她的本意，若是她愿意，又怎会在传媒圈暗淡无光。

难道她对梁先生一见钟情？天哪。

我说："我理解你的处境和困难，也理解媒体圈竞争的压力，但我不希望你后悔。梁先生有女儿，他和燃燃在一起都快结婚了。"

东东说："五年了都没结婚，证明不会结婚。你放轻松，我不喜欢梁先生，但我非常喜欢他的权势。你帮我安排采访，难道不是仗着梁先生的权势吗？要不然日本区 MD 层级的人物，为什么会听你安排？"

我被东东的直白噎了一下，就算我做足了心理准备，也没想到她这么坦诚。或者说，我被她的话揭露了。我这一年什么都没干，净忙着"狐假虎威"。

我说："你说你不喜欢梁先生，我相信你。但以前那么多优秀的男生追你，你都没有妥协，为何偏偏此次要妥协？难道只是因为眼下你的工作陷入了困境，想要寻求破局之法吗？虽然捷径好走，会缩短奋斗期限，只用短短的一晚也许就能换来十年二十年奋斗也得不到的东西。但是这个世界上的权色交易,总归是要付出一些代价的。若是想走捷径,当初那么难的时候又何必坚持?既然坚持了下来,眼看着再努力一把就能见到光亮,又何必再去摧毁自己的坚持?"

东东又给自己满了一杯酒,略有些疲惫地闭了闭眼睛,然后才看着我说:"捷径和捷径不一样。有的捷径是自取灭亡,有的捷径是直通巅峰。梁先生有权有势有钱,年轻有为,身材绝佳,见解独到,善解人意。何况,我也是真的没办法。你知道吗?这一年多,我没有资源,没有背景,处处被打压。我之前跟你提过那个'矮冬瓜',他竟然偷偷躲进了更衣室,趁我不注意锁了门骚扰我,我好不容易脱身举报了他,反倒被他诬陷我勾引他,他妻子还去公司闹了一场,我里子面子都没了。现在就算我是本本分分努力,那些男人女人看我的眼神也不再清白。你觉得我能怎么办?没错,我就是想上位,就是想用梁先生搞钱,想靠他夺回属于我的东西。但是那又怎么样呢?没有人在意你的手段是不是光明正大,他们只看结果。"

我有些词穷。东东说得没错,梁先生与以往那些追求东东的男人相比,有着压倒性的优势。正常情况下,东东找这样的一个人谈恋爱,我一定会百分之百支持,而不是反对。

我底气不足地继续问:"那你了解梁先生吗?你知道他是什么样的人吗?你凭什么认为自己能在他身边谋得一席之

地？我在他身边工作一年了,从没见过哪个女人得到他的青睐,这是一条走不通的死胡同,我劝你还是少走弯路……"

我的长篇大论还没讲完,东东的电话就响了,她意味深长地笑着,看了我一眼。她把手机转过来给我看,身为合格的助理,手机上显示的电话号码我早已背得滚瓜烂熟,那是梁先生的电话。电话铃响了好一阵,东东才当着我的面接起来。

我那些还没说完的肺腑之言,统统卡在了喉咙里。我没喝醉,但我忘了我自己是如何回到住处的。我的脑子里不断回忆着这一天发生的事情。东东小提包上的登机牌并不是因为工作忙碌而粗心大意露出来的。那是姜太公用来钓文王的鱼钩。

我是不是东东吊起来的鱼呢?我真是愚不可及。

我自以为梁先生是一个洁身自好的人,他的身边除了燃燃,就只有消失的Carina,但我万万没想到他会主动联系东东。

我想不是他们变了,而是我从未了解过他们。怪不得Carina临走前,会想方设法把燃燃安排在梁先生身边,再留下一个孩子拴住梁先生。

我想起了之前发生的一件事。那天,梁先生接见了几家娱乐公司的股东,他们想邀请梁先生投资,这些股东还带着他们旗下的两个女艺人。

席间,这些股东谈到了其他几位女艺人,不过梁先生并不了解。他们找来照片给梁先生看,梁先生只是瞥了一眼便不再看了,直接评价这些女艺人很有东方韵味。

那几个股东好像没听出梁先生话中的敷衍,他们越聊越开心,话题越来越露骨。他们说,有些女艺人为了争夺他们的投资做了许多低贱的事情。他们在言语中,不自觉地流露出对女艺人的贬低。

这种话,我听着都觉得不舒服,更何况在场的那两位同样从事演艺事业的女艺人,这无异于当面打她们的脸。

梁先生抬手阻止了股东们脱口而出的粗话。他说:"你看看你们,话里话外把这些女艺人形容得如此低贱,你们见到了还不是急匆匆地往上凑?"

一个股东接过话头:"我那不是凑。我是她们命运的掌控者,我睡她们是她们的荣幸。"

梁先生说:"你说人家低贱,那你还不是被低贱的人给睡了?"

梁先生的这番话,算是给那些女艺人找回了一些面子。当时,我感觉梁先生是正人君子,与那些男人不是一丘之貉。现在看来,梁先生不和其他女人在一起,可能是觉得那些人配不上他。

事实证明,这世上哪有不偷腥的猫呢?

那晚过后,东东与梁先生火速开始交往。东东并没有借着梁先生的身份获取更多的采访机会,反而辞掉了工作。她专门负责给梁先生采购古董、书画、艺术品。

自从东东来到梁先生身边,大家便不再传燃燃嫁入梁家的消息。大家在东东和燃燃的对垒中都向手段更高一筹的东东倾斜。他们甚至觉得,如果这两个女人中有一个会嫁入梁家,那个女人一定是东东,而不是燃燃。更有甚者,开始冷落燃燃,向东东靠拢。

我很同情燃燃。如果非要站队,我是站在燃燃这边的。燃燃既是我的第一任老板又是梁先生的正牌女友。虽然东东之前是我的闺蜜,但我只想躲着她走。

那天,东东从瑞士的一家古董店里给梁先生淘来一块古玉。当时,梁先生正躺在沙发上,他从东东手里接过装有古玉的木盒,打开观赏。

这块古玉我在梁先生的收藏室里见过。这世上怎么会有一模一样的古玉呢?梁先生收藏室里的那块肯定是真品,那东东拿来的这块一定是赝品。毫无疑问,东东被骗了。我很开心。

梁先生搂着东东,从色泽、外形、纹路等方面向她讲解。每一点都足以说明她买的这件古玉是赝品。东东看起来委屈极了,她听着梁先生的讲解,都快哭了。但梁先生看起来非但不生气,反而很高兴。

半晌,我才回过味来。

即便是专业的古董鉴定专家,面对现代造假工艺,也会有看走眼的时候。别人看不出真假的东西,梁先生却能看出来,这让梁先生的虚荣心得到极大的满足,这是多少钱都买不来的。

真是一场好戏,这件假古董一定是东东故意安排的。

我忽然意识到,大家在东东和燃燃的对垒中选择东东是对的。八个燃燃绑在一起也斗不过闭着眼的东东,长久下去燃燃注定会失败,搞不好还会败得很难看。

晚上,我突然接到东东的电话,她约我去露台聊聊。这段时间我们的感情很微妙,我直觉她找我不会有什么好事儿。

东东开门见山:"我知道你不想我这样做,但你知道的,我没有办法。"

我想,你不是没有办法而是手段太多,多行不义必自毙。

我说:"我只是不想你后悔。"面对眼前的东东,我不再感到陌生,而是感到害怕。

东东说:"我听说燃燃原来对你很好。但是你知道的,她无法给你更多,可是我可以。年末的考核,我能帮你升职,但燃燃自身难保。你也别怨我,即便不是我,梁先生也会找其他女人。燃燃错就错在,她没有认清自己的位置,她妄想代替Carina。"

我明白东东的意思,她想收买我。我没想到,我们从小到大的感情竟会走到今天这步田地,这让我觉得很悲哀。

东东试图说服我:"星星,我们才是好姐妹,燃燃能给你什么?梁先生给她投资,让她经营会所,多么好的平台。但她是怎么做的?除了给梁先生推荐一些垃圾项目,她还做了什么?可是我不一样。就拿这块赝品古玉来说,梁先生开心了,我结交了人脉,还赚到了钱。如果我俩在一起互帮互助,里通外合,我相信,不出一年,我就有能力帮你调到任何你想去的位置,甚至你想顶掉那个总是压榨你的老周也不是不可能。那还不是咱们姐妹说了算?再过一两年,我们完全可以自己撑起一片天,再也不用看别人的脸色打工了。到时候,我把梁先生还给燃燃不就行了?常言道姐妹齐心其利断金,你我合作,利益远不止这些。你应该明白的,良禽择木而栖,我不会亏待你。"

我理解东东的意思。但我不相信她口中的姐妹齐心其利断金,她这样的人,只会做出狡兔死、走狗烹的事情。她连自己都可以出卖,为什么不能出卖我呢?更何况,能决定我去留的,不是东东也不是燃燃,而是梁先生。

老周说过,要降低讲话的浓度。但面对东东这样的人,不仅要降低浓度,还要降低纯度。

我装作犹豫的样子,解释道:"我们是好姐妹不错,但我是梁先生的助理,我的工作职责和保密条例让我不能过多介入梁先生的私生活。"

东东以为我松口了,她说:"只要你答应与我结盟,不管是钱还是职位,你想要什么都可以。当初我帮你投简历被张宇骚扰的时候,我都没有跟你诉苦过。星星,你既然能利用职权帮我拿到 TC 的专访,现在就再帮我这一次,就当还了当初的姐妹情谊。"

东东实在是太懂得怎么掐我的七寸了。当初,因为我东东被张宇骚扰。这件事一直让我对她心怀愧疚,甚至一度发誓以后一定会护着她。可是这不代表我愿意为她做不义之事。

但我给她的回答却是:"给我一周时间,容我考虑考虑。"

东东一定以为我会答应她。毕竟谁会和钱过不去呢?但我不知道应该如何面对一直对我关照有加的燃燃,看着她这段时间越加憔悴的面容我总是会泛起一丝疼惜。我更加不知道怎么面对曾经自食其力现在却赚取"不义之财"的东东。

我能进入 TC 实习,东东功不可没;我能当梁先生的助理,燃燃居功至伟。她俩都对我有知遇之恩。我应该怎么办?

我只剩下一条路可以走了。梁先生调任日本后,他原来的岗位被他的姐姐胖胖接替。老周说,胖胖一家对这里的一切都很是陌生。我们会借调一个助理过去,一是帮他们快速熟悉环境,二是为我们在大中华区遗留的工作善后。

借调这个词很古怪,大家都担心借着借着就被调走了。助理们在梁先生身边工作能捞到数不清的油水。但新老板什么样,谁也不知道。而且新老板也有自己的助理,借调过去相当于寄人篱下,本着做新不如做旧的想法,谁也不愿意去。

所以大家都很重视这次年末考核,生怕稍有不慎被借调出去。而我却自投罗网。这份工作对我来说像是大旱时期天降甘霖,缓解了我眼下尴尬的情况。

我主动向老周申请借调。老周问我:是否决定好了?他言语平淡得好像在问我要不要喝杯咖啡。在得到我的肯定回答后,老周利落地在我的申请表上签上了"同意"二字。速度之快,仿佛担心我会后悔。

TC 的年度考核非常严格,每年考核都是几家欢乐几家愁。当我拿到我的考核表,看到上面老周给出的评级时,我又体会到了第一次出差拿到奖金时的喜悦。

这一次身边的同事们没有当初那么淡定了,他们羡慕地看着我,向我表示祝贺。我看到老周走过来,赶紧把考核表反扣在桌子上,勉强恢复了淡定从容的样子。老周看了我一眼,满意地说:"总算没再笑成狡猾的兔子,有些长进。"

因为我愿意调岗,省了老周不少麻烦,他给我的评级是最高等。别人用三年才晋升到的级别我只用了一年,这对我来说是件值得开瓶香槟庆祝的事。

不过,调岗就意味着我的一切工作都要重新开始。我要跟着梁先生姐姐一家工作,远离梁先生身边的红颜旋涡,也远离东东。

离开那晚,我吹了一夜的冷风,天亮时给东东留言:"对不起,我做不到。"

我想起了毕业前夕,我最敬慕的意大利语教授为我们布置的最后一道思考题:人生最宝贵的是什么?

如果现在让我回答这个问题,我想,人生最宝贵的是人与人之间的真情。

十一 世界上最会吃的人

春阳暖暖,海风微咸。

在这样惬意的午后,坐在路边的糖水铺,点一碗双皮奶,点一碗豆腐花,再点一杯仙草蜜,要不然不足以消化老周给我画的大饼。

老周信誓旦旦地说,我应该能和胖胖成为不错的朋友,但是他对胖胖的老公肖先生却只字不提。

我问得多了,他也只说了一句:"如果肖先生去娱乐圈发展,那就没有其他演员什么事儿了。"我当时还以为老周是在夸肖先生颜值高、身材好,没听出他的弦外之音。

老周说:"胖胖离开以色列以后会直接到香港,你做好准备工作,好好发展。"

我对新老板的性格、爱好一无所知,但我知道很多游人或信徒千里迢迢去以色列朝圣,他们通过在哭墙哭诉寻找精神的慰藉。既然胖胖也去了以色列,会不会也有宗教信仰?

我怕犯忌讳,便问老周:"胖胖有什么宗教信仰吗?"

老周说:"放松,你不用担心,别人在哭墙是哭诉哀号的,胖胖是拍着哭墙哭诉肖先生的魅力太大了,感叹自己怎么找了个这么优秀的老公。所以你别有压力。"

老周煞有介事地安慰我,但我并没有被他安慰到。能做出这种事情的胖胖,会靠谱吗?

老周继续给我画饼,讲了很多胖胖的优点,为了更有说服力,还举了很多例子。

我特意将老周的话做了一个总结。胖胖与梁先生的性格有很大差别,没有商人的精明,倒有几分邻家大姐的憨厚。她爱笑,爱玩,尤其爱吃。完全可以用"傻白甜,肥懒馋,爱撒娇"这九个字来概括。胖胖人如其名,确实很胖,至少在 TC 的一众精英中,极少有这样胖的女性。

胖胖是一个完全按照自己意愿生活的人,甚至有点宅,她名下所有企业的事情她都不关心,全权委托她的老公肖先生处理,天大的事儿她都懒得管。社交只限于家人、老朋友或者她感兴趣的人。她不认识的人如果想见她,基本不可能,她完全懒得见。胖胖连时差都懒得倒。不管她身在何处,她都按照自己的时间生活。

老周想突出胖胖潇洒、随性,但这在我耳朵里完全是另外一个意思。这难道不意味着,她半夜 3 点可能会喝下午茶吗?这样不是快赶上周扒皮了吗?给这样的人做助理不是嫌自己的黑眼圈不够黑吗?

面对老周的耳提面命,我只能装出一副乖巧的样子,在心里骂骂咧咧。

老周说:"胖胖是我见过的最会吃的人,而且特别馋。她有自己的人生态度,千里做官,为了吃穿。穿是给别人看的,她才不会在意别人怎么看,所以她更在乎吃。除了胖胖,我也没见过哪个成功人士有这样的人生格言。很多人注意吃什么更健康,但胖胖更关注怎么吃更好吃,健康还是不健康倒是其次的。她还说,为了健康控制饮食是对食物的亵渎。你知道她这次为什么会接下这份工作吗?你肯定想不到,就是为了吃。我无意中得知胖胖接下这份工作,千里迢迢从欧洲来到香港,竟然是因为喜欢吃香港的炸大肠……当然,也有另一种说法。"

"什么?"老周刚刚的话未免太不靠谱,肯定有更深层次的原因。

"也有人说,胖胖喜欢吃川菜中的毛血旺,但是欧洲的中餐馆里做这道菜一般用牛肉代替血制品。"

我深吸一口气。

讲到这里,老周说:"她对生活品质要求高,对吃食很讲究,是真正的生活家。"

我心里暗暗思量,这到底是怎样一个奇葩主子?是不是只要我搜罗全香港的美味小吃捧到她面前,我就能升职加薪走上人生巅峰?

老周没等我思绪跑远,又给我拉了回来,继续讲:"你别看胖胖平时懒散,对工作上的事情并不上心,实际上,对于助理来说,事情会非常多,非常杂。我曾经跟着肖先生工作过一段时间,见识过他们助理的工作节奏。你要特别留意给胖胖做饭的大厨,他们一个个都是奇葩。如果你问他们要做什么菜,他们会告诉你,要到市场看见食材后才能想出来做什么。不仅如此,这些人对食材的要求非常高,说没有好食材体现不出他们的好厨艺。最新鲜的食材,都是深夜到货,次日清晨销售。有一次,我深夜陪大厨去菜市场挑选食材。然后,半夜3点那位大厨让我帮他找一种盛器,并告知我第二天早上就要用。果然,第二天一早,胖胖和肖先生一同前往公司,她刚进电梯的时候,大厨会掐准时间将一些菜下锅。她到办公室的时候,正好能赶上新出锅的菜端上来。胖胖尤其喜欢这种有'锅气'的饭菜,从厨子到管家再到助理,都得配合着她的时间与喜好。她也是我唯一见过的在大清早就吃肥腻食物的人。尽管广东人有吃早茶的习惯,但也不会像胖胖一样吃叉烧、烧鹅、甚至吃炸大肠、炸鸡腿。"

我的心里五味杂陈。原来我的同事们不愿意离开梁先生,并不只是因为担心换了工作捞不到油水。从老周口中说出的句子,让我屡次怀疑是不是我的耳朵失聪了。是他说错了,还是我听错了?

"你没听错,大早上,8点多胖胖就开始喝酒了。她在用餐时,不同的菜要配上不同的酒。胖胖吃牛扒喜欢配中式的白酒。她在跟大厨们吃饭的时候,肖先生会在办公室办公或者开会。等到胖胖吃完饭,才会和肖先生邀请高管们一起喝茶,茶以普洱居多。差不多到12点的时候,胖胖就结束了她的公司之旅,准备回家午睡。我刚刚说的就是胖胖工作日的日程安排,不过你不用担心,她并不经常工作,可能一年也没有几天,你被借调过去半年,说不定一次也碰不上。另外,胖胖的助理可是个顶个的优秀,你肯定能从他们身上学到不少东西。"

这个道理我懂,自古奇葩手下无弱兵。

"胖胖是个好伺候的主子,她有很多优点,不倒时差,不虚伪,对人平和,是真性情。只要满足了她在吃上的要求,她不会为难你。而且你借调回来,肯定又能升职。"

我总觉得老周看我的眼神里除了鼓励,还带着一丝丝的同情,他画的大饼我实在无福消受。通过老周的描述,胖胖在我心中的形象已经十分立体,甚至我闭上眼睛就能想起她大早上拉着厨师吃油腻肥肠的样子。不管胖胖是不问人间疾苦的土皇帝,还是另一个"周扒皮",我未来半年的生活肯定不会轻松,而这一切,老周一早就知道,可是在我答应调岗之前他未曾向我透露过半分。如若不然,谁会来呢?

老周看着我,等我表态。

我说:"胖胖活得真实又通透,我迫不及待地想要与她见面了。"我一边赞美一边无力地安慰自己,也许,我的新老板会给我意想不到的惊喜呢。

老周离开后,我回想起前几天陪同梁先生在瑞士的一些经历。

梁家祖宅的西南角有七八栋木质别墅。他们家的助理、私人医生或者其他工作人员都居住在这里。我们助理所住的房子有个宽敞的露台,露台用实木铺就,还搭了木桌、木椅。

那天,我和几个同事忙完工作后,在露台上摆了几个果盘,配了几盘烤肉,醒了一瓶红酒。远眺眼前的雪山,感受大自然的鬼斧神工,好不惬意。

老周指着梁家的祖宅说,这栋房子的第三层是观景绝佳的地方,每个房间都有巨大的落地窗。每次从那边远眺雪山之景,心灵都会受到震撼。不过,分配给梁先生的房间,被梁先生当作书房,而分配给胖胖的房间,被她当作汗蒸室。

那时,我就应该意识到胖胖有多会享受。

可是,老周给我说了那么多,我也不知道跟着胖胖工作哪条是不能触碰的红线。跟着梁先生工作时,我一入职就知道梁先生心情不好时会躲起来擦地板,看见洁净如新的地板就知道他那几天心情不好。卡卡就是梁先生那根不能触碰的底线。

我问老周:"胖胖会因为什么事情生气?"

老周说:"胖胖从来不舍得让自己生气或者难过。"

我不信,这个世界上真的会有不生气也不难过的人吗?我知道消极的情绪会传染,那么和开心的人在一起,会不会变得开心呢?如果真能这样,我跟在胖胖身边工作,也未尝不是一个正确的选择。

我希望是正确的选择。

我已经做好了充分的心理准备,但发生的事情还是在我的意料之外,并超过了我的心理预期。

胖胖刚到香港,就让我们把梁先生原有办公室旁的会议室改成厨房。因为我对这里的结构相对熟悉,胖胖还征询我的意见。

真能折腾,哪个老板会把会议室改成厨房呢?

我说:"我认为没有比这个位置更适合当厨房的空间了,把厨房安排在办公室旁边十分合理,而且很独特。"

会议室旧貌换新颜,变身厨房后,里面摆放的锅灶炉具一应俱全,堪比五星米其林后厨。

　　胖胖的厨师是一个专门的团队。团队里除有专门做菜的厨师外,还专门设有食材采购、器皿采购、厨师招聘、翻译、食物保鲜、调酒等职位。岗位分工十分精细,很多岗位不止一名员工。除去厨师长与几位固定的大厨,有时也会有厨师临时加入。

　　胖胖的厨师团队里什么人都有,有长相帅气的西班牙分子料理大厨,也有已经年过七旬、拿勺子都手抖的潮汕调汤师傅。厨师长是个土生土长的法国大叔,会做地道的法国菜,对各国菜系都有很深入的研究,但他做事很挑剔。

　　胖胖的每个厨师都有营养学基础,而不是单独一个营养师在那里纸上谈兵。他们做出的菜品都极具艺术性。为了让这些菜品更加赏心悦目,他们邀请了美学专家,专门研究摆盘艺术。

　　厨师工作三天,休息两天。乍一听很轻松,实则十分辛劳。熬制一道菜所用到的酱汁,可能需要他们连续十几个小时,一动不动地盯着火候,严格控制温度。因此厨师们的工作量非常大,也是个累活儿。

　　胖胖家每个人都有自己的专属菜单,这份菜单是根据他们的个人喜好、身体状况、时令特点而制定的,每月都会更新几次。我第一次见到这份菜单时,还以为这份菜单是地图,确实是一份地图,只不过标注在各个地区上的内容是这个地区的特色食物。比如地中海,上面标注着海里物种的名字,但不会列举具体的烹饪方法。因为可能同一种食物,今天和明天吃法是不一样的。

胖胖选用的器皿,十分考究。有的只有小酒盅大小,有的却要三个壮汉抬着才能搬上餐桌。她吃不同的甜品所用到的器皿一定是不同的,玻璃的通透度或薄厚都被严格把控。她喝不同的茶,所用到的杯盏,也是不同的。那些被别人摆在架子上欣赏的珍贵器皿,在胖胖眼里应该发挥它本来的用处。

胖胖的每一餐都有七八道菜品。以午餐为例,可能会上前菜三道、主菜五道,再搭配甜点和汤。

比如酱烧牛肋排。这道菜里就一块牛肋排,鸡翅中大小。厨师先要将整根牛肋排在调好的牛肉汤里煮十几个小时,之后冷却塑形。然后用番茄、蜂蜜、酱油调好酱汁,煎这块塑形好的牛肋骨。装盘吃的时候,配浓缩的橙汁。

像柠檬塔这样的甜品,也是胖胖爱吃的。厨师们把柠檬掏空,经过水煮再冷却,反复好几次之后,只留下外面那层薄到透明的壳。上菜前要把握时间,撤上一道菜时,才向冷却的柠檬壳里放入鲜奶油。端上餐桌时,凉度刚好的鲜奶油与水果、薄如蝉翼的柠檬脆饼混在一起,口感刚好。

胖胖还爱吃海鲜,尤其是大西洋的一种螺。这道菜的做法是从鲜活的海螺中取曲奇饼大小、手掌厚度的螺肉,然后用固定温度的龙虾清汤不断浇在螺肉上,再点一滴虾酱。滴虾酱的器皿和实验室所用的滴管一样精细,力求把量控制在最佳水平。

汤品是胖胖的午餐必备。南瓜浓汤是西班牙分子料理大厨的拿手菜。从外表看,就像是一个被煎得很嫩的、蛋黄还没有熟透的煎蛋,大小也完全一样,根本看不出是一道汤。吃的时候,只需用勺子轻轻一碰,南瓜汤就从蛋黄里流出来了。蛋白是淡奶油,她用勺子,两三勺就能喝完。

主食的花样就更多了。像墨鱼棉花面和意大利面都是常备主食。墨鱼棉花面被做成辽参大小,明明是面,却看起来好像棉花糖。如果胖胖吃意大利面,一定会选一个超大的盘子,将面卷成香皂大小的卷,放在盘中,上面浇上酱汁放上白松露片。她吃的时候,会直接夹起其中一卷,放入口中,让所有味道混在一起,在口腔里炸裂。

她的早餐相对午餐来说,要简单许多。她也会吃烤吐司,只是吃法不一样。她很喜欢香草味的吐司。面点师将烤好的吐司切片,浸泡香草味道的奶,撒糖,再用黄油煎。然后还要配上香草味的冰淇淋。

这些美食的制作过程在我看来十分烦琐,但对一个厨师团队来说,常规烹饪食物这些并不难。他们只需要每天按计划有条不紊地提前做准备就好。难的是烹饪胖胖临时起意想吃的食物。每当这个时候，不仅厨师犯难，我也跟着犯难。

其中，牛骨髓事件着实为我上了一课。这也是我跟着胖胖工作后，第一次被新领导老魏指出不足。老魏与老周平级，都是董秘，MD 层级，他的油滑程度比起老周有过之而无不及。

那天晚上 9 点，胖胖突然说要吃炭烤牛骨髓。厨师团队的大厨只负责做，不负责买。牛骨髓这个食材不是常用食材，厨房没有储备。问题是这个时间我们去哪里买新鲜的、有质检的牛骨呢？

我想到了平时给梁家供货的供货商，但远水解不了近渴。我联系了几家胖胖常去的私人会所，一无所获。于是，我紧急联系其他同事，让他们分工，划定范围去找食材。

我们不会联系普通饭店，担心他们存在进货渠道不明晰、后厨杂乱、卫生不达标等问题。就算我们采购回来，厨师也是不会做的，他们承担不起胖胖吃坏肚子的责任，我们更承担不起。

这时候，肖先生忙完了，他看胖胖正在客厅躺着休息，便轻手轻脚地靠过去，拿 iPad 给她看，说挑选了几款给孩子们的礼物，让她看看是否合适。他们聊了十多分钟，肖先生看了看表，他问胖胖，如果不困要不要一起泡澡？

胖胖十分开心。肖先生又问："你刚刚在这边躺着是准备吃消夜吗?"

胖胖知道肖先生不喜欢她大半夜吃这些油腻的食物,便赶紧摇头:"当然没有。"

如果说肖先生是个隐藏情绪的高手,那胖胖真是把全部的东西都写在脸上了。她当时的表情,任何人都能看出来,她不仅是在等着吃消夜,还是在等肖先生不让吃的那种消夜。

肖先生看破不说破:"8点的时候,他们刚送来一批新鲜的鱼子酱,要不要我开一瓶酒,我们喝一杯?"

胖胖听到肖先生这么说,笑得更开心了。

见到这样的场景,我才放下心来。赶快告知在外采购的同事们,不用准备牛骨髓了,今晚应该吃不上了。最近几天尽快联系供货商送到就好了。

当天,工作复盘时,老魏在会上先是夸奖我,处理这次事件时分工明确。随后,他话锋一转,说道:"只是方向错了。"

他说:"首先你们天天在胖胖身边,她平时接触什么,应该要有预案,很多念头不是凭空出现的。比如牛骨髓,她平时是不是看到了什么视频或者信息,涉及了这个食材。所以,以后要多留意她接受的资讯。提前做准备,关键时刻才能有条不紊,她提出要求的时候你才不会慌。这并不是白用功。如果她没有提到,而你准备了,你可以适时地提醒她,你能帮她找乐子,她对你的印象自然会好。"

连轴工作 18 个小时,最后换来这样的评价。如果换作是你,不一定做得比我好,事后诸葛亮,谁不会当呢?

我对老魏说:"您说得对,是我考虑不周了。"

老魏见我听话,越说越来劲:"你的方案成本太高,实效性太差,时间拖得太久。很可能你消耗很多人力物力,最后送过来,她已经不想吃了。另外,你跟着梁先生工作时,做事前完全不考虑事情的成因吗? 就像这次胖胖要吃牛骨髓,她肯定是因为肖先生不在才提的要求。等你准备好,肖先生也忙完了,她也不会再吃了,这就是无用功。"

最后,老魏还不忘自夸。他说,他得知胖胖想吃牛骨髓后,便对肖先生说:胖胖在客厅,还没有休息,今晚刚到了一批新鲜的鱼子酱,是否需要再挑一瓶酒……

然后才发生了刚刚那一幕。

的确,这件事能解决,主要是因为老魏在肖先生那里吹了风。肖先生是聪明人,换作平时,那个时间胖胖估计早就睡了,她在客厅八成是有事情。老魏一开口,肖先生就知道了,肯定胖胖又提出来一些让助理们为难的要求。

老魏的一句话让我受益匪浅。老板的喜好肯定是很新颖的,说是古怪刁钻也不为过,我们的工作就是满足老板们的喜好与需求,这就是我们存在的价值。如果只是傻傻地等着老板们提一个要求,去完成一个要求,那么总有完不成的一天。

我们应该主动提建议，主动安排，这样才好掌控节奏，不会让自己太被动。

另外，要考虑事情的成因，这一点太重要了。我一气之下选择调岗是因为不知道如何面对东东与燃燃。那么，梁先生为什么会突然选择和东东在一起呢？难道仅仅是因为东东外表出众？梁先生什么样的女人没见过？这件事背后一定有它的成因。

东东在寒风中仍注意保持妆容的精致，这样的女人又怎么会犯下露出登机牌的错误，这未免太过邋遢。梁先生一定早就看透了东东的意图，他知道东东是想趁机接近他，张宇把东东带到晚宴中，正好证实了梁先生的观点。

东东只是想上位罢了，张宇只是想讨梁先生欢心罢了。那梁先生为什么要陪着他们演戏呢？我恍然大悟。梁先生看到的是东东的野心，她聪明，拎得清，她是与燃燃完全相反的人。梁先生需要利用她打破燃燃的幻想。

就卡卡的表现来看，她并没有把燃燃当作自己的妈妈。而那段时间，由于燃燃的一系列言行，已经让传言愈演愈烈。照此下去，定然会伤害到敏感的卡卡。梁先生与东东暧昧，让一切传言不攻自破。

他们心照不宣，等待各自的猎物进网。

十二 "软饭男"的杀手锏

短暂休整后,TC 大中华区召开了高管任命会。

凡事预则立,不预则废。我反复核对胖胖任命会当日的行程,以防出乱子。

胖胖和往常一样,坐在餐桌前等待大厨端上可口的早点。而 TC 办公楼所在的大厦,工作人员从清晨 5 点就开始为会议做筹备,清洁卫生,布置会场,他们马不停蹄。实习生及安保人员一遍一遍地核对参会名单,确认安全保障到位。

参会者除了 TC 集团的一众高管,还有不少媒体和股东,身为助理,我要提前把所有可能发生的情况都做好预案。比如媒体的突然提问,股东的反对以及高管们的反常反应。为了更好地做好工作,我已经连续两个晚上没有好好休息了。

上午 9 时,工作人员已经把现场布置完毕。公司的参会高管陆陆续续地到达任命会现场。会议室被布置得十分奢华,会场两侧还专门搭建了同声传译控制室。工作人员正在调试麦克风的音质和音量。

上午 10 时,媒体参会者和公司高管已经坐满了会场,安保人员也已经就位。这时胖胖和肖先生走进了会场。胖胖一身黑色的职场连衣裙,肖先生一身深蓝色的条纹西装,搭配着浅蓝色的领带。两人的脸上洋溢着笑容,真是男才女貌,心情格外好。

这时候全场只有"咔咔咔"的摄像声。胖胖挽着肖先生的手,带着微笑走上主席台,开始发言:"大家好。今后我在TC 的所有职权,将由肖先生代理,希望各位今后多多支持肖先生的工作。"

此时,现场一片哗然,如果不了解胖胖,我还会以为是不是她被肖先生威胁绑架了。在场众人估计也是这样想。

胖胖宣布的这一决定好似重磅炸弹,在座媒体瞬间炸开了锅。其实对于胖胖的这一决定,我心里早有准备,之前老周给我打过招呼。

在媒体采访过程中,肖先生面带微笑,面对蜂拥而上的媒体。有人问起:"您对梁小姐选择您代行职权的决定有什么想说的吗?"

肖先生回答:"她的选择我都支持。请大家多多支持我以后的工作。"

一位媒体人问胖胖:"梁小姐,您如此放心让他人代为行使职权吗?"

胖胖微微一笑,她注视着肖先生回答道:"肖先生是很有魅力的人,除了有精湛的业务技能和卓越的管理才能,他还善于激发团队的积极性和创造力,他一手组建的部门曾经是 TC 的最佳团队。"

肖先生确实是工作能力很强的人,不过在工作上他与梁先生大有不同,梁先生在任时,基本完全按照高管意思办,大家自由度很高,高管们也十分愿意配合梁先生的决定。可到了肖先生这里,他经常驳回高管的提案,对于高管们的执行过程也盯得紧,对结果的完成度要求也高。所以高管们产生了不配合的抗拒心理,而且矛盾越来越大,越积越深。

有一次,一位高管拿着文件,信心满满地敲开了肖先生的办公室:"肖先生,请您签个字。"如果是之前梁先生在任,只要高管们拿着文件放到梁先生的办公桌上,他就会签。

可是肖先生没有如此,他拿起文件仔细地阅读起来,时不时地还会问高管几个犀利的问题。虽然态度温和,但高管额头上冒出了冷汗,感觉像是被肖先生为难了。

"这份文件还有待商榷,你先回去吧,我和董事会商量之后再做答复。"肖先生说完,便摆摆手让助理把他送出了办公室。这位高管便在心里对肖先生产生了怨念,还在背后说过肖先生的坏话:"不过是靠着梁小姐,有什么好骄傲的!简直狂妄!"

还有一次，一位高管找肖先生申请资金，这个项目他已经跟了很长时间，刚启动的时候也跟梁先生汇报过，梁先生让他相机行事。但到了肖先生这里，便被肖先生给否定了。肖先生也给出了项目被否定的理由，但是该主管无法接受，因为这意味着他前期的所有努力都白费了。

这样的事情还有很多，大多数高管面对肖先生的严厉都有些不习惯，这些不习惯渐渐就变成了不满。

TC 十分忌讳越级汇报，如果肖先生不签字，大董根本不会签。他们没有办法绕过肖先生这一关。

不过这些高管也不是吃素的，他们仗着自己手里有股权，是梁先生时期的老人，暗地里没少给肖先生使绊子，直到发生了一起命案。

其实命案本身没有什么疑点，只是一场意外。当时，一位高管的下属项目主管要去客户现场跟踪项目进展，这位中层本身有一点抑郁症，恰巧那个项目过程中出了一点问题，所以他在酒店里把床单拧成了绳子，上吊自杀了。

这位高管知道大家的工作强度确实很大，担心这件事情给下属们留下阴影，给 TC 造成不良影响。为了不让媒体猜测，进而曝出什么不好的丑闻，这位高管便想着和家属和解，给一些赔偿，把事情偷偷压下来。

高管私下里跟家属谈判，来来往往地扯皮了将近一个月，终于和家属达成统一意见,将赔偿金额谈到 600 万。这件事他全程都没有向上级汇报过,因为梁先生在时,这 600 万的资金调用额度在他的职权范围内,他是有权力调度的。

可是,在财务准备走账给家属进行赔偿时,却被肖先生冻结了款项。

"这笔钱不能动。"

高管质问肖先生:"您有什么权力阻止我对家属进行赔偿?这 600 万的赔偿款,我有权支配,如果你强行阻拦,就是在越权。按照公司的规定,在我的职权内,是可以不用向您进行汇报的。"

肖先生面对高管的愤怒和质问,平和地回道:"的确,按照公司的规定,600 万的资金你有权动用,不用向我汇报。但是那是指普通的项目资金,不是命案的赔偿款。"

高管被肖先生的态度激怒,愤怒地说道:"你这是搞独裁!如果梁先生在,他一定不会阻止我这么做!如果不对家属进行赔偿,家属继续闹下去损失的是整个 TC 大中华区的面子!"

肖先生说:"梁先生在任时,把这里打理得井井有条,我希望可以在他的基础上再续辉煌,所以还希望你配合我的工作。"

这位高管只得愤然离开。事情确实如高管所说,没有收到赔偿款的家属，又跑来 TC 大闹。高管商议后，就这件事集体联名，要求胖胖召开会议。他们以为这样做足以给肖先生一个下马威，往后，他们的工作方式便可以一切照旧。

收到联名信的时候，胖胖正躺在沙发上休息。她看过联名信后，一点反应也没有。我在心里为她捏了一把汗，这样的事情我的确还没有经历过，不知道胖胖怎么会如此淡定，她都不为肖先生担心吗？

胖胖像是看出了我的担心，说："这样的事情，肖先生可以处理好。"

胖胖懒洋洋地出席了 TC 大中华区集体高管会议。会议一开始，高管们就群情激愤，一个接着一个地说着近日来肖先生在工作上对他们的苛刻。

"梁先生在时，高管集体决议签署过的文件，梁先生便不会再驳回，一般都会直接审批通过。但肖先生独断专权，对我们联名签署的文件十分不信任。"

"因为肖先生拒绝签署'海河 1 号'项目资金调度计划，导致这个项目搁置了。这给 TC 大中华区的项目招标造成了很不好的影响。"

"肖先生对员工太过苛刻。他在一周内对三位高管进行了通报批评，理由竟然是他们在工作时间私自外出处理私事。敢问肖先生，做到高管管理者的位置，难道他们还要每天坐在办公室里,打卡给你看吗?如果是梁先生,他绝对不会做出这样有违常理的决定。"

"自从肖先生代行职权以来,公司的中层以上管理人员不断出现压力大、失眠、抑郁等问题,这次还造成了中层管理者在出差过程中因为抑郁而自杀的恶性事件。事件影响极其恶劣,不少媒体对 TC 大中华区的管理做出了负面评价。"

"尤其是这次的自杀事件,肖先生的独断专行严重影响了对死者家属的安抚工作。现在家属整日来闹,让 TC 大中华区在社会上名誉受损……"

胖胖一直听着,没有打断他们,也没有回应他们,足足让他们说了四五十分钟。当最后一个高管控诉完,会场静了下来。

胖胖在一众高管的脸上扫视了一圈,才开口问道:"诸位都说完了吗?还有什么要补充的吗?"

一众高管也有些蒙。"如果没有的话,那不如听听肖先生怎么说。"见现场没有人回答,胖胖将话题抛给肖先生。

肖先生拿出十多本文件,从中随意拿出了一本:"我之所以没有签,是因为这份合同有漏洞。这三个签署过同意的高管,并没有经过法务的确认,但这份合同,实际上存在法律漏洞。不知道你在找我签署时,有没有想过若是合同生效,我们的法务能够解决之后所要面临的种种问题吗?"

不等那位高管回答，肖先生又打开另一个写着通报员工名字的文件，说："他在 TC 大中华区工作了 13 年。在此期间，他曾缺席 52 次重要会议，在我来这里工作的这段时间，我只见过他 8 次。请问，他平时都去哪里忙了呢？是忙项目，还是忙会议？"

众人面面相觑，有点难堪。肖先生继续说道："还有这位，我拒绝签署'海河 1 号'项目资金调度计划，是因为合作项目中有许多不合理的地方，甚至有许多风险。虽然项目前期投入很大，收益也不错，但在我看来收益只是一场赌博，毫无安全保障。"

"哦，对了，还有这次工伤赔付的事情。这个人以前在公司的所有记录显示，他平时的操作有很多不规范之处。比如在合作项目的时候，汇款日是 1 月 5 日，但签合同的日期却是 2 月 12 日。连合同都没签，怎么会打款呢？这里面的利润差，如果细算的话，你们一定比我清楚。而且他在半年内请了三次病假，在病假期间，有两次出境记录，与自杀时间极近。所以我有足够的理由怀疑他是畏罪自杀。"

胖胖在开会的时候全程看着肖先生，她根本不关心那些高管讲什么。当肖先生把那一本一本的详细证据和分析报告拿出来的时候，我就知道高管们的希望要落空了。

果不其然，再精明的狐狸也逃不过老猎人的手掌心。

山雨欲来风满楼。

那位高管在没有了解事实真相的前提下,贸然答应赔付死者 600 万巨款。调子起高了,再想压下去就难了。最后,相关高管自己垫付了这笔巨款。

他们办理完这件事情后,便集体出现在了肖先生的办公室。

其中一人说:"我们的初衷是为了维护 TC 的荣誉,如果您认为我们的做法不妥,那就是我们考虑不周。"

他们言语恭敬,却纷纷呈上了辞职信。他们盯着肖先生,等着看他好看。

一个人辞职不可怕,这么多高管离职,意味着 TC 的很多工作将要被搁置。这让肖先生怎么跟大董交代? 这些高管不傻。就算 TC 找来新的人来代替他们,也不可能在短时间之内熟悉业务。

我在心里为肖先生捏了一把汗。这件事即使现在收场对肖先生的负面影响也很大。名义上,大董将自己的儿子梁安,安排在肖先生身边学习管理经验,但大伙儿心知肚明,这是大董的一根眼线,大董并不信任肖先生。

幸好,梁安只对天文学感兴趣,晚上观星,白天休息。如若不然,说不定这会儿大董已经知道了这件事。也正因为这样,他们才敢集体辞职,倒逼肖先生。肖先生能怎么办? 他只能妥协。

如果我是那些高管,我也会这样做。

只见肖先生起身,对他们曾经的贡献表示肯定,言语十分真诚。高管们并没有顺坡下驴,他们既然这样做就是在等着肖先生开口求他们留下。

可在场的所有人,包括我在内,大家都没有想到,肖先生向高管们表示完感谢后,戛然而止,并没有挽留他们,反而批准了他们的辞职申请,并衷心地祝福他们,在今后的生活与工作中:"潮平两岸阔,风正一帆悬。"

这是什么意思? 我傻眼了。难不成是肖先生的缓兵之计? 不是的。肖先生让我和几位同事帮这些高管收拾物品,腾空办公室。难道不需要他们交接工作吗? 难道不需要他们把现在手头上的工作善后吗? 就算重新聘请高管也需要时间啊。

但肖先生对此事只字未提。

我送高管离开后,"贴心"地询问老魏,用不用慢点收拾? 我妈每次和我爸吵架都会收拾东西准备离家出走,但每一次收拾都是"雷声大雨点小",只是等着我爸道歉罢了。

但老魏却要求我尽快,他说新任高管已经在半个月前抵达了。在这段时间里,他们对 TC 的相关业务已经很熟悉了。

这句话惊起我一身冷汗，在此之前，我一点风声都没有得到。

一朝天子一朝臣。肖先生应该早就想把这些高管换掉了，但他们是梁先生的人，他们整日里把梁先生挂在嘴上，如果肖先生动他们，那就等于不给梁先生面子。可是，现在这些人主动提出离职，还是集体请辞。任谁评判，都是在欺负肖先生初来乍到。

好一招扮猪吃虎。他们甚至还以为大董不相信肖先生，而把梁安派在他身边。但是更换高管那么大的事情，大董提前会不知道吗？大董应该也在等他们主动离开，他们是老臣子了，开除他们未免落得卸磨杀驴的骂名。

我看着那些即将要走的高管，仿佛那些人是自己。他们的目的是倒逼肖先生，并没有找新的"下家"。今天，闹了这么一出，以后哪个老板还敢用他们啊。肖先生的城府如此之深，我要想平稳度日，还是远离为妙。

毕竟，我也是梁先生的人啊。

这几位高管是我的前车之鉴。他们认为肖先生依靠外表，凭借花言巧语讨得了胖胖的欢心，只是一个"软饭男"罢了，不足为惧。

我第一次见肖先生时也是这样认为的。肖先生过于出众的外表，本就容易令人掉以轻心。除此之外，肖先生的生活也十分精致,他的指甲有专人负责修剪;他会定期做牙齿美白,还会做保健医美,就连使用的男士香水都是专门定制的。虽然梁先生也健身,但是肖先生健身的目标更明确,他会刻意对某一块肌肉进行塑形。

我把这样的人当作花架子,难道不是情理之中的事情吗?我从小就知道不能用外表去衡量一个人,但仅限于看见一个丑人,不认为他是坏人。当我面对一个外表出众的人,就会先入为主地认为这个人没什么真才实学,只不过长得好看罢了。

毕竟,老天爷给人关上一扇门都会给他打开一扇窗,没给人家内涵,难道还不给人家外表吗?可是,老天爷就是这么偏心。他不仅给了肖先生外表,还给了肖先生智商,就连情商也没落下。

肖先生不仅外貌条件十分优越,履历也十分亮眼。他本科毕业于台湾大学,研究生时期就读于纽约大学,毕业后又顺利入职了咨询行业的顶级公司。

老魏说,当年肖先生在全球知名咨询公司任职,他负责的其中一个项目就是给胖胖的私人博物馆提供咨询服务,后来他直接跳槽到了胖胖的私人博物馆,为胖胖工作。与胖胖结婚后,才开始接触 TC 的工作。大董很欣赏肖先生,一直把他留在自己身边工作,后来还把自己唯一的孩子梁安托付给肖先生培养。TC 有几项战略性项目就是在肖先生的带领下完成的,只不过把功劳记在了梁安名下罢了……

老魏把后面没说完的话吞到肚子里了。看来,助理这份工作,做久了讲话都没什么浓度。但我知道,老魏想说,功劳记在梁安身上,失误记在肖先生身上。怪不得,那些高管会把肖先生当作酒囊饭袋。

肖先生能取得这样的工作成绩和他严谨的工作态度有十分密切的关系。这与胖胖完全相反,胖胖不但自己不参与 TC 的日常管理工作,还喜欢打扰肖先生工作。即便是在工作进入最关键的时期,胖胖也会心血来潮,突然给肖先生打电话,利用撒娇耍赖的方式,请肖先生陪她看展览……

天知道肖先生有多忙。可是面对这样的情况,肖先生不仅没有表现出不情愿或者烦躁的情绪,还会欣然前往。当然,他并不会耽误工作。他会等胖胖睡着后,再起身继续处理工作,天亮后,再去哄胖胖起床。

当时我很不能理解,直到后来一位同事点醒了我。

他说:"假如你有一份不稳定的兼职跟你糊口的主业时间冲突了,你会如何选择?"

我说:"我当然选主业了。但是这和肖先生连轴转有什么关系呢?"

同事看了我一眼,反问道:"你觉得对肖先生来讲,是公司的事情对他来讲是主业,还是胖胖的事情是主业呢?"

我恍然大悟。我总是后知后觉,我应该早早就从一些细节之处看透本质的。

那次的圣诞晚宴,大董没有出席。原本已经在瑞士的肖先生被临时召回大董身边工作,老周也去了,可见事态紧急。

那几日,我和燃燃担心胖胖想念肖先生,便常常陪在她身边。但胖胖吃得香,睡得好,还让大厨给她做了次鸡兔一锅出,看起来一切如常。就在肖先生出差的第三天,胖胖对燃燃说:"有点儿无聊啊,今天晚上吃什么呢?"

燃燃对她说:"是不是肖先生不在,吃什么都不香啦?"

如果是别人,可能会害羞,或者会否认。但到了胖胖这里,她很认真地想了想,然后说:"嗯,我想肖先生了,我得给他打个电话,让他早些回来。"

胖胖话音刚落,一秒也没有耽搁,她丝毫不顾及肖先生当地的时间,又或者肖先生当时是否在大董身边工作,方不方便接听电话。只见胖胖拿起手机,动作行云流水,一气呵成,拨通了肖先生的电话号码。

肖先生很快就接通了。胖胖撒娇道:"你都走了快三天了,这几天我吃不好睡不好,一天连一份意大利肉酱面都没吃完。我瘦得你都认不出了。"

这一番撒娇真是让人听了都觉得委屈。肖先生答应胖胖,等她睡醒就能看见自己。胖胖打电话的语气听起来真的很难过。她挂了电话，燃燃想安慰她。

可是胖胖却说："肖先生今天就回来了，我得抓紧时间补个觉。你们看着点儿时间，他快到的时候一定记得叫醒我哦！"

这哪里有半点儿吃不香睡不着的模样？我心想胖胖真是荒唐，肖先生明明是替她去工作的，她还在这里想这些幺蛾子！

她身边的助理回复："好的，您放心吧。"

我以为肖先生不会这么不知轻重。但老周却告诉我，肖先生突然向大董请假要回去，并调整了工作内容。老周还问，是不是胖胖发生了什么紧急事情？

我赶紧尽职尽责地告诉老周，说胖胖其实挺好的，每天都挺开心，吃饭睡眠也很正常，让他稳住肖先生。但老周过了一会儿才回复我："肖先生说他知道胖胖是在跟他撒娇，但如果她真的不开心那天就要塌了。"

"天塌了"这个词用得十分形象。肖先生是因为胖胖才一步登天，坐上今天这个职位的。如果他没有处理好胖胖的事情，那他的位置也坐不稳。

由此可见，肖先生不仅拿了一手好牌，而且打得也十分出彩。肖先生的父母都是大学教授，虽说是妥妥的知识分子家庭，但在经济方面与梁家毫无可比性。即便肖先生工作能力再强,无非是在 40 岁左右的年纪,做到公司的 MD 层级。

可是,那又如何呢?高级打工人罢了。因此,肖先生选择了另一条路。

选择这样的生活会憋屈吗?我想不会。胖胖并不是女强人,她与任何人沟通基本依靠撒娇与耍赖,更何况是肖先生。就算胖胖是女强人又如何呢?普通的打工人,每天不仅要承担工作上的压力,还要兼顾各种家庭琐事。但肖先生只需要为胖胖提供稳定的情绪价值,物质生活不需要他多考虑,因此处理工作上的事情,对肖先生来讲,就是玩开了挂的游戏。

每个人对物质的需求度不同,有些人看见窗外的蓝天白云就会感到开心,但有的人,他们的乐趣需要金钱的维系。就像肖先生,他喜欢雪茄和手表。他的雪茄由专门的工作人员负责保管,存放雪茄的雪茄柜也是根据不同雪茄专门定制的。

至于手表,肖先生不仅喜欢精密名表,也喜欢自己亲自修复手表。之前有人从拍卖行买了一块沉船怀表送给他,他十分欢喜,亲自修复了那表,不仅除去了锈迹,而且花高价定制了零件替换。有时候,肖先生还会亲自上门拜访那些名表手工艺大师,学习更多修复表的技巧。如果没有经济实力,肖先生的这些爱好又将如何得到满足呢?

我的理智无时无刻不在提醒我,肖先生这个人不简单。可是,每当我认为肖先生城府很深的时候,只要一看向他的眼睛,我就忍不住怀疑自己,我的内心是多阴暗,才如此见不得别人好?肖先生能有今天,所付出的努力一定不比我身边任何一个人少。像胖胖这样毫无定性的人能坚持迷恋他那么久,肯定是因为胖胖没有遇到过比肖先生更好的人了。如若不然,道德能约束得了胖胖?

一周后,肖先生前往波士顿向大董汇报工作,我也在随行人员之列。

晚上,我照例汇报工作。当我开门后,看见肖先生正在谈事情,他手里夹着烟。坐在他对面的是几个印度人,屋内烟雾缭绕,看不清面容,只能从声音分辨。

是不是又遇上难题了?但凡高管们在工作中遇上瓶颈,肖先生都会说:没关系,有我在。尽管最后具体执行工作的还是原本那位高管,但这话听起来,心里就暖暖的。

如果换成梁先生,梁先生一定会让下一个人汇报他的工作。原本遇上瓶颈的高管就会压力巨大,仿佛浪费了梁先生的时间。

我在犹豫要不要进去,肖先生见我站在门口,便把烟灭了。我正要走过去时,他摆了摆手,示意我站那儿,先别动。我正在疑惑时,他朝我走过来,接过我的文件,一边签字一边说:"二手烟不好。如果下次我们在抽烟,你不用走过来。"

虽然室内有空气净化系统,但是他们几个同时在室内抽烟,净化系统的效能还是无法满足需求。同处室内,我不可避免会吸入二手烟,只不过二手烟这个小细节,我以往都没有放在心上。作为助理,跟着老板工作,哪能介意二手烟呢?但肖先生作为我的老板,还是考虑到了这一点,令我十分暖心。说实话,我爸也知道二手烟的坏处,但他也当着我的面抽烟。

从房间走出来的举动很简单,却收买了人心。肖先生在待人接物这方面,绝对无可挑剔。

相比之下,梁先生讲话就十分直接。

TC 合资的一个金融机构里,有位女基金经理。前几天,她跟梁先生、肖先生一起交谈时说:"我在大兴有套别墅,单装修就用了快两年。但是房子装修好后,我爸妈却让我把这个房子给哥哥的儿子,我本来很不高兴,觉得爸妈重男轻女。后来我想通了,房子不过是身外之物,相比之下,还是亲情更重要,所以我就把房子送给了哥哥的儿子。"

我心里十分清楚,这位女基金经理这样说,无非是想在老板面前表现出自己不是一个利欲熏心的人。但在场的所有人包括我在内,都知道这位女基金经理的人品非常糟糕,用毫无底线来形容一点不为过。

肖先生听到后,没有点破,顺着她的话夸她很优秀:"虽然你经历了这么多,但心底的纯良一直被你保护得很好。"

肖先生话音刚落,梁先生说:"你把房子给你哥哥的儿子,是打算让他给你陪葬吗?"

她没料到梁先生会这么说,只能说:"等我老了,并不用他给我养老送终,我不会给他找麻烦的。"

她着实聪明,陪葬和养老送终可不是一个意思。如果我是她,我肯定想当场挖个地洞钻进去。

上午 10 点,波士顿。肖先生家中。

我在整理第二天会议要用到的资料。老魏又给我安排了一项工作:下午 2 点半,接肖先生大学时的同学去郊区的生物实验室,面试助教。

我看了一眼电脑,资料大概才整理了五分之一,还有很多没整理。接待完他的同学,我晚上又得熬夜加班,才能处理完这些资料了。但是我又想到,这是肖先生的大学同学,并且说的是"面试",肖先生肯定和实验室那边提前沟通过了。那些同学肯定和肖先生的关系很不错,我和他们打好关系,有百利而无一害。

下午,开车去往机场的路上,我看见一位金发碧眼的女孩很像一个明星,忍不住多看了一眼。车到岔路口,忘记减速,本该右转,我方向盘顺手向左一打,一气呵成,然后我便偏航了。我的手气恼地打在方向盘上。

幸好,新路线只比原定路线多了 15 分钟,而我已经在工作中养成提前半小时到的习惯。

下午 2 点 15 分,我赶到机场。直到 2 点半还没看到人,老魏给我的电话一直联系不上。两个小时后,我才看见三位男士姗姗来迟。

我怒火中烧,但还是热情地招待他们,我走过去问:"您好,请问你们是肖先生的朋友吗?"

他们互相看了一眼,没有人回答我,其中一个矮瘦的男子一边上下打量我,一边说:"你就是老肖的助理啊?老肖呢?"

我非常不喜欢他赤裸打量的眼神,但是我也没细想,毕竟他们是肖先生的朋友,可能只是戒备心比较强吧。我笑着点了点头说:"是的,你们叫我星星就好。肖先生还在工作,安排我带你去参加实验室的助教应聘。"

其中一个人说:"老肖没来啊?我要知道是小姑娘来接我,我就把真实的到达时间告诉你了,害我想了半天理由。这样的天气,说飞机晚点也不合适呀。"

什么?这些人不是迟到,而是故意骗我们,他们这样做有何意义?他们以为肖先生会来,是想让肖先生等他们两个小时吗?可是,肖先生给他们安排工作,明明是在帮助他们啊?他们这是在恩将仇报。而且要找工作的人是他们,要参加面试的人也是他们。这年头,损人利己的人我见多了,损人害己的还是第一次见。面对这种人还是少说话为妙。

我刚系好安全带，就听到副驾驶的男子问："星星，你做这份工作多久了？"

"我在肖先生身边工作并不久。"我答了，又没答。

后座的另一个人问："那你结婚没有呢？"

我愣了一下，答道："没有呢。"随着年龄的增长，我越来越反感别人问我情感方面的问题。有时候正常的聊天，在我听来都像是催婚。不过，在 TC 工作的人中，婚姻幸福的是少数，所以，很少会有人问这个问题。

"也对。哪个男人会让自己的老婆干这份工作。"

他们发出奇怪的笑声，我知道他们在笑什么。从一开始，他们就不怀好意，话里有话。他们不断地数落肖先生的不是，不停地向我打听肖先生的私事。

我没有回答，只是说："不了解。"

这时，其中一个人拉了拉正在讲话之人的胳膊。他顾忌我的身份，我是肖先生的助理，他担心我把他们的话告诉肖先生，肖先生能给他们安排工作，也能再把这份工作收回去。

"你怕什么呀？你真以为老肖会真心帮我们吗？要不是我们手里有他的黑料，他连看都不会看我们一眼。"这个人说完这些，他的声音更大了，好像故意在说给我听。毕竟，哪位员工对老板的黑料不感兴趣呢？

他说:"老肖读书时,整天给人代写作业。谁不知道,那些需要代写作业的都是来学校镀金、混学历的富二代?老肖无非是想利用代写作业的机会接触富二代这个群体罢了。没想到,真让他得逞了。老肖现在钓上了一条大鱼,不,是钓上了一条大肥鱼,他天天吃软饭,多幸福啊。哪里像咱们还得为工作奔波!"

胖胖的身材是没有其他女生那么好。她的家世背景,以及她与肖先生站在一起的差距,难免会令人认为肖先生是吃软饭的男人。

可是,通过这段时间的相处,胖胖给我带来很多快乐。胖胖很坦率也很直白,她从来不舍得让自己不开心,她会撒娇也会开玩笑,会哄人也会表达思念。她活得很通透、痛快,比谁都开心。

老周说她是生活家所言非虚,她的确很会享受生活。就连肖先生自己都说:"我从读书到工作,一直很顺利,我认为自己是很幸运的人。直到遇见胖胖,我才感觉自己是很幸福的人。"

话又说回来,肖先生与胖胖夫妻俩的事情,关这些人什么事呢?这些人口中的黑料我一清二楚。短短几句话,就知道他们是那种遇到事情不从自己身上找原因,只会从别人身上找原因的人。

肖先生的父母都是大学教授,他深知名师指导的重要性。肖先生帮别人写作业,这些人交给他们各自的教授后,教授提出指导意见,肖先生再进行修改,这就相当于肖先生交了一份学费,享受了多位名师的指导。这只是肖先生获取教育资源的一种途径罢了。而我眼前的这些人,他们是肖先生的校友,到现在还不明白这个道理,怪不得还得靠肖先生才能找到工作。

接下来,他们又说了一些毫无分寸感的"傻话"。他们背着肖先生说的这些话,我不会多嘴向肖先生"告状",我不想让肖先生心寒。但我没想到,我的态度似乎激怒了他们。

副驾驶的那人说:"呵,你才只是做了个小助理,心气就这么高了,没脸没皮靠有钱人上位的人都这么嚣张吗?老肖是运气好,恰好吃到软饭才有今天的地位。不然就凭他,哪有现在的大富大贵?你觉得自己靠老肖这个'软饭男'也能飞黄腾达?"

我的手紧紧地攥住方向盘,吸了口气,泥人还有三分气性,我说:"请你们不要空口说白话,至少我是靠自己努力获得的这份工作。不管是肖先生,还是我,都是凭借自己的真才实学。而你们这三个人,要不是肖先生帮你们找工作,你们又怎么能去当助教呢?"

他们仿佛被踩中了痛脚,喊道:"我要让老肖开掉你,让你滚蛋!"

忍无可忍,一脚踩死刹车,"吱"的一声我猛地停下车,说:"你们都给我下车!"

他们愣了下,随后大声冲我嚷嚷,但我根本没有理他们,只是再次重复了一遍:"下车。"

他们下车后,我打开了车窗,大口大口喘着气。怎么好人都没好报呢?肖先生帮他们,换来的却是猜忌,我呢?我帮东东又换来了什么?

等我回过神来的时候,车窗外已经下起了雨,他们怎么回去我不管,我该怎么回去跟肖先生汇报这件事情呢?我为什么如此冲动?

我把这件事告诉了老魏。老魏不是老周,他不会在我快掉下去的时候拉我一把。老魏是教会我遇事要考虑事情成因的人。但是,这件事发生后,他连原因都没有问,而是第一时间派人去接肖先生的同学,然后劈头盖脸批评了我一顿。他说,对肖先生的朋友不尊重,就是对肖先生不尊重。

也对,助理要考虑老板行为产生的原因。可是有人会考虑助理行为的原因吗?

我离开梁先生的团队有一段时间了,第一次产生了寄人篱下的感觉。

我走进肖先生家大门时,看见原本疾步行走的老魏站定脚步,他向飞驰而过的汽车弯腰鞠躬。这是助理们不成文的礼仪,即便是伸手不见五指的黑夜,看见老板的车也要对着车窗鞠躬,而老板可能根本没往窗外看,或者根本就没坐在车里。

我突然感觉,我作为老板的助理,表面上他人会很尊重我,但我在老板面前,毫无尊严。

大不了不干了,离职。我给我妈打电话,说:"要不然我离职考编吧,这里环境太复杂了。"

我妈说:"你是猪八戒吗?怎么遇见点事儿就想着回高老庄?"她只说了这一句就把电话放在了一旁,我听见了麻将的声音,她正忙着码牌呢。

明明错的是他们,我为什么要离职?什么尊严不尊严的,自古笑贫不笑娼,看在钱的分上,有什么不能忍受的?如果没钱,到老了想打麻将都找不到麻将搭子。

我敲了敲肖先生的书房门,打算向他解释清楚。

我说:"肖先生,很抱歉,刚刚在路上和您的朋友发生了一些事情。"

我还没说完,就只开了个头,肖先生就说:"我以为你在整理会议资料,没想到老魏安排你去了,他们欺负你了吗?"

肖先生怎么知道我受了委屈?看来,根本不用我告密,他很清楚那几个同学的德行。我见好就收,说:"没有。"

肖先生说:"没有就好。我这边也没什么事情了,你早点下班吧。如果出去逛可以和男生一起,这边治安不太好。"

我离开了,心里暖暖地走出了肖先生的书房。

肖先生能走到现在这个位置,跟他的行为处事有很大的关系。他能精准地发现别人需要什么,并投其所好。要不然他也不可能跟梁家人相处得如此融洽,毕竟都是生意精,如果肖先生是个心术不正的人,很难长期瞒过这些人的眼睛。

唯天下之至拙,胜天下之至巧。与老实人打交道,狡猾好使,与老狐狸打交道,真诚好用。

十三　让孩子每晚坐在院子里陪星星聊天

烈日炎炎,晴雨不定。临近年中,TC 迎来内部考核,我的压力骤然增加。

忙了一上午,午休时间,我终于可以休息一会儿了。我躺在休息室的沙发上玩手机,休息室在办公楼最左边的位置。此时,我听见猪仔跑过来的声音,他在追他的狗狗。我赶紧闭上眼,装作睡着了。因为现在是我的休息时间,我不想给自己揽事情。

我感觉到猪仔的脸离我越来越近,他急促的呼吸喷在我脸上,还带着刚运动过的呼哧呼哧的喘气声。我继续闭着眼,耐心等他走。

很快,我听到他跑开的声音,但声音并不远,还在附近。我心想他怎么还不走呀。

我听见他在休息室里满屋子乱跑,过了一两分钟,只听"哗啦"一声,是桌上玻璃花瓶掉在地上的声音。反正保洁阿姨会换上新的瓶子,我继续装睡。

这时,我感觉身上被盖了一件东西。接着,我听见了猪仔跑开的声音。我睁开眼,原来是桌子上装饰用的桌布,心里暖暖的。

但这温暖持续得太短暂,很快猪仔给我浇了一头冷水。

晚上,我将一份签过字的日程文件,放在了办公室的书桌上,因为办公室没有贵重物品,并且有监控,所以办公室门没有落锁。

在这期间,猪仔又跑来玩复印机了。我身边很多像猪仔大小的小孩,对手机、电脑等电子产品都玩得很溜,但是猪仔他只会通话,并且他对那些电子产品也不感兴趣。他最喜欢的是复印机,经常跑到办公室的复印机旁,把手或者脚放进去,复印自己的手或脚。

猪仔在复印时,复印机没纸了,就把书桌上的文件纸又放进去复印。虽然那份文件不是特别重要,但也需要肖先生重新签字。

关键是发现这份文件被污损的不是我和我的同事,而是肖先生。猪仔拿着他复印的手给肖先生看时,肖先生发现是签过字的文件,便告知老魏让他把这份文件再打印一遍,拿给他重新签字。

肖先生没有生气,但老魏特别生气,把我狠狠地批评了一顿。因为这是严重失职。签过字的文件应该放在保险的位置,而不是随手放在书桌上。

这件事我的确做错了。可老魏批评我的时候,我本能地先想到他人的错误,甚至连猪仔也不放过。

哪家公司可以任由孩子出入工作区?可是,这是猪仔的家里啊。他是主,我是客。就算他真的犯下天大的错误又如何?最终挨骂和承担责任的还是我们这些员工,我们只能吃下这哑巴亏。

肖先生得知我挨批评后,温柔地教育了猪仔。肖先生告诉猪仔,因为他的不小心连累我受批评了。肖先生这样做,已经很给我面子了。

但我没想到,第二天我上班后,猪仔来找我道歉。他说,他不该乱碰别人的东西。他还给了我们每人一颗糖,以示歉意。

猪仔临走时,拿出一张纸条递给我。他说那张纸条是老魏给我的道歉卡。我打开一看,上面歪歪扭扭写着"srry",sorry 少一个 o。不用想一定是猪仔写的。我笑了,真心觉得猪仔挺可爱的。

像这样暖心的事情还有很多。

有一次,我们去威尼斯参加一场慈善活动。活动前,威尼斯下了一夜的雨。这座城市一下雨就很容易有积水。每到这时,城市的工作人员就会在街道上垫起木板,搭起小桥以便大家行走。

我们担心猪仔在木板上走路会把鞋子弄湿,便走到他身边,抱着他,如果他的鞋子湿了,就麻烦了。因为只要有猪仔出现的活动,猪仔都会沦为大家的争抢对象,被大家抢着抱起来拍照。如果他的鞋子是湿的,就容易把别人的衣服弄脏。

可是,我刚抱起猪仔,他就在我怀里,用脚一踹,把鞋给脱了,还直接踢到了水里。他的动作如行云流水,快到我都没反应过来。

我看着他,他还一脸无辜地看着我。我的同事看到后,赶紧到水里给猪仔捞鞋。

我虽然生气,但猪仔是老板的孩子,我不能批评,只能告诉他:"脱鞋脚会很冷的。"然后,我用手先护住他的脚,避免他感冒了,又让同事去拿鞋子给他更换。

这时,猪仔说:"知道脱鞋会冷,但是不脱鞋会把你的衣服弄脏。"

瞬间我就不生气了。

TC 内部考核还未结束,大董的太太 Maggie 又来 TC 大中华区指导法务工作。

Maggie 的家族也是 TC 的股东,但她不在 TC 任职,她有自己的律所。不过,TC 的所有高管都对她心有余悸,因为连续三年,每次她来 TC 指导法务工作过后,都有高管人员被送进监狱。

Maggie 的话和表情都很少,给人冷冰冰的感觉。大部分的人遇见拥有这种气场的人会自觉远离。但猪仔完全感受不到 Maggie 方圆百里寸草不生的肃杀之气。

那天,Maggie 在会议室跟几个人在谈事情。我看见猪仔跑到会议室的走廊,便一把抓住他,低声说:"不要进去,他们在工作。"

猪仔憨憨地点头,很听话地没有进去,就呆呆地蹲在会议室门口。因为猪仔的长相憨厚,不是那种一看就透着聪明机灵的小孩,日常行为也迷迷糊糊的,这样看起来就更加傻乎乎的。

每隔几分钟,猪仔就要歪歪头,往里面看一眼。过了大概十分钟,Maggie 看见猪仔在门口,以为他有事情,就走出来了。

猪仔看见 Maggie 走过来,就热情地冲 Maggie 招了招手。Maggie 顺势弯下腰看他想干什么,猪仔飞快地亲吻了 Maggie 的脸颊,然后迅速跑走了,边跑还大声喊着:"我想你了!"Maggie 一个眼神都没有给我,只是笑了笑,又返回会议室了。

因为法务的事情,我又陪同肖先生出差了。半个月后,才结束工作。肖先生没有直接回家,而是先去了公司。猪仔得知肖先生回来后,说很想他。于是,肖先生就派我去家里,接猪仔去他的办公室。

前往肖先生的办公室,一般需要在楼下登记。平时如果是高管来汇报工作,登记、核验身份后,我们会给高管一张很精致的祝福卡片,然后再引导高管去休息室里等候召见。

猪仔以为我们见肖先生也需要先登记。他跑过去和负责登记的工作人员说,他想要见肖先生。

然后,那个同事就逗他玩,像接待高管一样,十分认真地问他问题,还给他准备了一个很精致的卡片。

登记人员问猪仔:"和你一起来的人都是谁呢?"

猪仔指着梁安说:"这是我的哥哥。"

他说完话后,又看向了我,他愣在那里,卡壳了。

我就知道猪仔肯定是忘了我的名字。半个月而已,这个小没良心的,你连我叫什么都不知道,干吗跟着我走?

工作人员继续问他:"这是你的姐姐吗?"

猪仔摇了摇头,摇得毫不犹豫,我从未见过他的动作如此灵敏,摇得我心都凉了。唉,在猪仔心里,肯定只有卡卡才是他的姐姐吧。

就在这个时候,猪仔一把抱着我的腿说:"She is my angel!"(她是我的天使!)

听得我的心都化了。

初夏的暖风带着花香,临近国际儿童节,肖先生邀请了许多小朋友陪猪仔一起过节。

作为助理,我的工作是将猪仔的房间装饰得更加富有童趣。经过几日的奔忙,猪仔的房间终于装饰完毕,猪仔非常开心。

第二天一早,猪仔等胖胖睡醒后,便邀请她与肖先生参观自己的房间。

我颇为得意,专门跟在他们身后,准备领功。我的借调时间快结束了,临走给他们留下深刻印象,指不定又能升职。

可是,我刚走进猪仔的房间,美梦就破碎了。我没想到,一夜之间,猪仔的房间会出现翻天覆地的变化。他不仅在墙上乱涂乱画,还在上面贴了许多贴纸,使这间屋子变得又脏又乱。

我连忙向胖胖和肖先生保证,我会用最快的时间将房间重新装饰完毕。谁料,胖胖与肖先生看到房间的一切,不但不生气,反而说不用再装饰了。

肖先生说,大人喜欢的并不是孩子喜欢的,房间现在的样子才是猪仔自己喜欢的模样,他满意就好了。

我恍然大悟,我认为"又脏又乱"的房间却是猪仔的杰作。猪仔没有在其他地方乱涂乱画,他只在自己的房间里这样做。因为在他眼里,这样的房间才是他想要的样子。如果他装饰了那么久,换来的是大人们的一通指责,那他得多伤心呀。

很多父母口口声声说爱孩子,却表现出爱"干净的墙壁"胜过爱孩子。从这件小事不难看出,很多大人在用自己的喜好衡量孩子的喜好,没有尊重。大人们认为通过指责可以让孩子们明白一些道理。事实上,孩子可能没学会这个道理,只学会了暴躁的坏脾气。

我想,猪仔能这样讨人欢心,肯定和肖先生的教育分不开。

肖先生很重视对猪仔感官的培养。他常常陪着猪仔听海浪漫过石沙的声音,听雨水敲打万物的声响,听风吹树叶的声息。只要肖先生一有时间,就会陪着猪仔感知世间万物,甚至专门搭建了植物园,种植桂花树,只为闻一闻桂花香。

除此之外,肖先生要求猪仔每晚坐在院子里陪星星聊天。猪仔有时候躺着,有时候坐着;有时候喋喋不休,有时候看着看着就睡着了。

我猜,肖先生是想让猪仔在与星星的对话中学会反思。即便起不到反思的效果,像猪仔这个年龄的小孩子,能在没有玩具的情况下,安静地坐一会儿也是一件难得的事。

平日里,猪仔6点左右起床,他不上学,每天都需要遛狗。如果肖先生在,就会和他一起跑步。

那天,猪仔将他养过一个月的小狗送走,又接过来两只。猪仔从不给这些小狗起名字,它们的名字都是一样的,送走的两只伯恩山犬叫"小伯",接回来的两只伯尔尼兹山地犬也叫"小伯"。

这时,他的一位老师,将课本递给他,让他思考课本上的题目。题目是一幅画:一只小猴子张开双臂踩在一只大象身上,大象脚边还有一只小兔子。图中的大象正在用鼻子给它们摘水果。问题是森林动物园里有几个小朋友。答案就写在旁边是3。但是猪仔不理解,就说两个。

猪仔的老师和卡卡一样都由同一个教育团队负责。他们具体的工作流程我不清楚,但这一刻,我清楚地感知到,当猪仔的老师,一定比当卡卡的老师辛苦得多。

猪仔的老师听到后,并没有说他回答错误,只是问他:"为什么是两个?"

猪仔说:"大象很高,它不是小朋友,它可以摘果子给小朋友。"

老师又问他:"那爸爸、妈妈、你,这里面有几个小朋友呢?"

猪仔说:"两个。"他还解释道:"因为爸爸不是小朋友。"

老师耐心地问："为什么妈妈也很高，却是小朋友呢？"

猪仔说："爸爸保护妈妈和我，所以妈妈也是小朋友。"

老师问："那如果只有你一个人？"

猪仔说："一个人就不是小朋友了，是大人。"

老师问："那什么是小朋友？"

猪仔说："被保护的才是小朋友，就像小兔子有大象摘水果。"

老师问："你刚刚说一个人就不是小朋友，那如果图中有一只兔子，它没有办法得到水果，那这只兔子是不是小朋友？"

猪仔说："如果它想吃果子，那就没有小朋友了。"

老师问："那小兔子是什么？"

猪仔说："和果子一样是食物。"

猪仔言语憨厚，却懂得弱肉强食的道理。

十四 合格女友的修养

骄阳似火,夏天来了。

这段时间,好消息纷至沓来。其中,最好的一则当数梁先生与东东分手了。一个月前,燃燃告诉了我这则消息。她说,东东总是买假古董骗梁先生。她还说,梁先生答应她好好相处,如果合适就结婚。她甚至用略带炫耀的语气告诉我,梁先生与东东交往期间,大多数时间和她在一起。

我实在搞不懂,这有什么好骄傲的?按照燃燃的这种脑回路,如果梁先生背着她出轨,她都会认为是梁先生心里有她、在意她,要不然干吗背着她出轨呢?怪不得,梁先生会在她面前牵起东东的手。

如果说胖胖是通透的乐,那燃燃纯属傻乐。什么叫好好相处,合适就结婚?难道燃燃这么多年的青春都用来喂狗了吗?无非是卡卡上学了,懂事了,梁先生想给她一个完整的家罢了。他到底还要利用燃燃到什么时候?东东会这么傻吗?可着一只羊揪毛?无非是捞够了钱,见好就收,故意让梁先生给她提分手罢了,难不成她还敢甩掉梁先生? 她那么聪明,一定会把利益推向最大化的。

老周说,梁先生给了东东一大笔分手费。东东利用这笔钱以及积攒的人脉创办了一家新媒体公司,趁着直播带货的东风,赚得盆满钵满。

这才是我认识的东东啊。但无论如何,事情兜兜转转又回到了正轨。

TC 的年中考核也结束了。梁先生负责大中华区时业绩平平,但肖先生负责时却成绩显著。回顾这半年的经历,我的工作能力也得到了大幅提升。

三天后,TC 将举办年中庆典,庆典结束后,我就要回到梁先生身边工作了。有不舍,但更多的是对升职加薪的期待。

天公不作美,TC 年中庆典的晚宴,风雨交加,电闪雷鸣。

雨刮器不停地在工作,我看向车窗外,一道闪电伴随着雷鸣声,划破天空,照亮了昏暗的车内。今夜过后,我就要重新回到梁先生身边工作了。

我进入会场时,来参加年中庆典的宾客已经陆陆续续来了一多半了,他们三三两两凑在一起举杯交谈。

我看见老周陪同梁先生走了进来。老周向我招手,我急忙过去。这时,几位媒体人士和其他公司前来恭贺的高管已经围在了梁先生的身边。

我走进去等待,准备适时向梁先生打招呼。

只听一位媒体人询问梁先生:"梁先生,近期几位大行高管都跳槽到了您那边,请问您认为 TC 日本区有何独到之处能吸引这么多商界精英呢?"

梁先生说:"你应该问他本人啊,我怎么知道?"

随便扯一句企业理念、企业发展前景,哪怕是福利待遇不也行吗?梁先生这句话,着实让媒体人愣了好久,没想到遇到硬茬了。但他没有知难而退,而是又问梁先生:"过去的一年,TC 的发展日新月异,您认为这样的一年,在 TC 集团的百年历程中将处于怎样的位置?"

梁先生很认真地说:"其中一段位置吧。"

随便扯一句百年未有之大变局,不行吗?说是很重要的位置,不行吗?

我想梁先生将会成为这位媒体人职业生涯中难以忘怀的黑暗时刻。在肖先生身边待久了,真的会不习惯梁先生的讲话方式。这也就是梁先生不喜欢参加这种商务场合的原因吧。以前,遇到这种必须参加的场合,梁先生还需要做心理准备。刚刚,我注意到梁先生进场时,还在深呼吸。

听老周说,梁先生从来没有参加过 TC 的年中庆典,但是这次大董点名让他前来。

宴会场中的交谈声忽然小了下来，我顺着大众的目光看向门口。大董和一位挽着他手臂的女士款款走入会场，大董还非常绅士地帮她理了一下裙角。

我见过大董几次，他身边的女人每次都不一样，但这次这个女人，年龄未免大了一些，看起来有 40 岁的样子。尽管大董明年就要办 60 岁大寿了，但我从没在他身边见过年过 30 的女人。

我打量眼前的这位女士，她高绾的黑色发髻干净利落，一身黑色的露肩礼服，衬得她很白。她向我走近了一些，我发现她的白不是有光泽的白，而是惨白，但是她成熟知性的气质将惨白的虚弱感压了下去，不过她眼角的细纹还是暴露出她十分憔悴。

我感到我的身后，有炙热的目光，一扭头，梁先生也在盯着这个女人看。

我的手机响了，是老周发来的紧急信息。此刻，他和梁先生正站在我身后，相距不到十米。我低头看，手机上只有几个字母：Carina。

天哪，这个女人就是抛弃了梁先生和卡卡五年的女人？我不敢再回头看梁先生，但我预感到今晚一定有一出好戏。

大董开始致辞，梁先生还在看着 Carina，他就站在香槟塔旁，一动不动地看着她。

我看见 Carina 指了指梁先生的方向，对路过的酒保低语。随后，酒保为梁先生端上来一杯温水。梁先生没有接，只是看着她。

大董在致辞中给予了 Carina 高度评价，仿佛这次的 TC 年中庆典是为 Carina 举办的庆功会。

我想起半年前，圣诞期间，在瑞士梁家祖宅发生的往事。

我们住在梁家祖宅西南角的一栋木质别墅里。那天，胖胖指着我们居住的方向告诉燃燃，梁先生小时候就住在那边的房子里。她说，Carina 的爸爸是梁家的家庭医生，由于性格古怪很早就和老婆离婚了。所以，他生前一直与 Carina 住在那边的木屋里。小时候的梁先生也几乎都生活在那里。

燃燃听说后，趁梁先生不在家的日子，非要参观小木屋。她想去寻找梁先生小时候的印记。

可是，那栋房子的钥匙谁也没有，就算有，也没人敢在梁先生不知情的情况下开门。老周告诉我，梁先生与 Carina 两人耳濡目染，都有很高深的医术。但 Carina 弃医从商，入职TC，一路平步青云，最后担任了大董的董秘。

大董的董秘虽然职级和老周一样，但地位却高得多。跟她对接工作需要梁先生或者肖先生亲自对接。同为董秘的老周是不够资格的，我这种级别就更不必说了。

我问老周："Carina 到底去哪儿了？"也许是相处的时间长

了，老周不再像以前那样讳莫如深。但他也只是说，去搞科研了。

对此，我无法苟同。Carina 搞什么科研呢？她不是已经放弃医学研究多年，弃医从商，一直在 TC 为大董工作吗？即便是搞科研，她把卡卡丢在德国的弃婴仓里也未免太过残忍。她留下的信件足以证明她是为了自己，抛弃了梁先生，也抛弃了卡卡。

可是现在，我看着站在大董身侧的 Carina，大董对她的态度完全像对一个功臣。

大董致辞结束后，Carina 走到香槟塔旁，她伸手把梁先生拉近了一点。她在他的脸颊上蹭了蹭，又用一只手捧着他的脸，她对梁先生说："你长高了。"

这是什么开场白？即便是在我工作后，每次休假回到家，我妈也说我长高了。

梁先生说："我也 30 岁了，身高还会长吗？"

Carina 没有说话，她能说什么呢？五年前，他们分离，连好好道别都没有。但 Carina 听到梁先生的这句话，却流泪了，她看起来更憔悴了。

都说近大远小，我第一眼看 Carina 就觉得她很消瘦。她走近后，就更消瘦了，像生了一场大病，她的大腿只有梁先生胳臂那么粗。梁先生揽住 Carina，仿佛一个壮实的青年抱着一个小公仔。

梁先生完全把 Carina 镶在了自己怀里，他说："要不我们结婚吧？他们说新婚一年就没感情了，结婚三年就形同陌路了，这样我们都能轻松点儿，不是吗？"

梁先生的真诚，有些过分了。Carina 搂住梁先生，将身子埋进梁先生的怀里。

我还想看戏，但老周却没给我这样的机会。老周安排我和几位同事处理梁先生与燃燃分手的相关事宜。

半年前，我因为燃燃的事情，离开了梁先生的团队。半年后，我回归梁先生团队接到的第一项工作就是抹去燃燃存在的痕迹。

士之耽兮犹可说也，女之耽兮不可说也。天意弄人。

黑云压境，灯火摇曳。

我将梁先生和 Carina 送回住宅。安顿就绪，梁先生去洗澡，她提醒他，记得用毛巾遮住眼睛，以防泡沫钻进去。

这样的言语，上小学后，我妈就没再对我说过了，没想到还能在这里听见。

梁先生前脚刚进浴室，Carina 后脚便开始在房间内翻找。她翻到了梁先生珍藏的那一块茶叶饼，这块茶叶饼现在只剩下一元钱大小了。Carina 自言自语道："都发霉了。"然后，她顺手将茶叶饼扔进了垃圾桶。

我的心里咯噔一下，那可是梁先生的宝贝，谁也碰不得。我想开口提醒 Carina，她看见我在看着她，说："这是我与梁先生分开前最后一次喝茶时用的茶饼，傻乎乎的，发霉了还留着，喝下去生病怎么办？"

原来如此，梁先生喝茶时是在想 Carina 吧，用这块茶饼泡出的茶水能让他感到 Carina 的温度。怪不得，梁先生喝这块茶饼时都会躲起来，偷偷地喝，而且只舍得喝花椒粒大小。

现在 Carina 回来了，扔了也无所谓吧。

Carina 跟我讲这句话时，手中翻找的动作一刻也没停歇，她甚至都没时间看着我讲这句话。还是老周精明，他把 Carina 安排在这里，一定是料到 Carina 会利用一切方法，找出这几年梁先生身边女人们留下的蛛丝马迹。我只是没想到，她会如此迫不及待。

兵贵神速，一夜时间，足够我的同事们把燃燃存在过的证据抹得烟消云散。

我殷勤地问 Carina："您有什么需要，我帮您找。"

找得到才见鬼呢。这套住宅是梁先生三天前购入的，燃燃肯定没来过，东东就更不可能了。

她问："梁先生的睡帽呢？"

嗯？她说什么？睡帽？梁先生什么时候用过睡帽。搞笑了，梁先生30岁了，又不是3岁，睡觉还得用布裹着睡吗？还是他们有什么特殊的癖好？

我说："梁先生从来没有提过这样的需求，这里应该没有。需要我现在就去购买吗？"我故意加重"从来没有"这四个字的发音，她应该能听出我话里的意思。半年而已，我说话的浓度又降低了。

Carina皱了皱眉头，说道："尽快买回来。梁先生容易头疼，这样的天气就更要注意了。"她望向窗外。

闪电正从四面八方延展开来，夜幕像装了接触不良的电棒，一明一暗。遇到这样的天气，普通住宅的人们肯定正忙着用胶带或棉被固定窗户。但站在这里，一点风声都听不到。她关掉玻璃的开关，仿佛关了电视，窗外的狂风暴雨便透不进来了。

是我话里的意思不够明显吗？我让你提需求，你还真敢提呀。我是梁先生身边的助理，燃燃这样用脑细胞化妆的女人都知道敬我三分，从不敢指挥我们办事儿。你和梁先生感情深厚又怎样？你没在的这五年时间里，梁先生可一天也没闲着，他甚至都打算与燃燃结婚了。你真应该照照镜子，好好欣赏一下，你和梁先生站在一起的那副母慈子孝的画面。这样的天气，让我出门买睡帽，不如直接把我的头拧下来，给你当睡帽好不好？

我说："好的，现在就去买。"

雨一层一层地拍在挡风玻璃上，把路灯关了吧，反正也看不清路，有闪电照明就够了。我骂骂咧咧地开着车，道路两旁，十多米的棕榈树朝同一个方向呈 150 度弯曲。眼前那棵树，忽然弯曲到 90 度，断了。叶子紧密地叠在一起，砸向地面，左右摩擦着，拍打车头。树皮还在与树干纠缠，树干越来越窄，彻底断了。

车内的音乐被切换成摇滚，音量被调成最大，半点儿压不住车外的响声。挂倒挡，后退半米，方向盘左打半圈，换前进挡，猛地又把刹车一脚踩死。"咔"的一声，半米高的指示牌斜插入车窗，"叮叮哐哐"，又沿着车顶掠过。我深吸一口气，定了定神，那块牌子上好像写着"紧急停业"。

多此一举，这样的天气还用放牌子吗？大家都知道待在家里，商店不会开门，谁会傻乎乎出去购物呢？我。

我将靠背放平，躺下。任由狂风轻而易举、肆无忌惮地撕扯着世间繁华。

我为什么会对 Carina 充满敌意？因为她让我在台风天去给梁先生买睡帽吗？当助理这么长时间，处理这类奇葩工作的次数还少吗？早就见惯不怪了吧。难道又是因为燃燃？

燃燃对梁先生五年的情谊，换来的却是这样的下场，连当面被分手的资格都没有。梁先生忍受过不辞而别的煎熬，即便是以其人之道还治其人之身，那也应该报应在 Carina 身上，为什么受伤害的总是燃燃。她做错了什么？爱吗？不过，燃燃与梁先生朝夕相处那么多年，竟然连梁先生经常头疼都不知道，显然称不上是一位合格女友。

我呢？我只知道梁先生经常躺在沙发上，懒洋洋地。谁会知道他正在饱受头疼困扰呢？Carina 知道。她还懂得防患于未然，怪不得梁先生看 Carina 的眼神，会如此炙热。

可是，为什么梁先生不能先处理好与燃燃分手的问题，再与 Carina 相遇呢？可笑，我怎么能指望老天爷等我带伞的时候再下雨呢？

台风过后，梁先生与 Carina 搬回了位于深圳的公寓，卡卡也从学校回来了。我像半年前一样，在清晨给他们送去早餐。屋内的陈设一如往常，只是物是人非。

Carina 的皮肤状态比几天前好了许多，她正躺在白色的沙发上给脚趾涂着红色的指甲油。

白沙发的造型像是一只慵懒的北极熊侧躺在浮冰上。卡卡扒着北极熊状的沙发靠背，探出头，悄悄打量她。她丝毫没有察觉。

我问："需要帮您安排美甲吗？"

之前,燃燃每周在美甲上花费的时间会超过 15 个小时。她紧跟潮流,变换各种造型,但 Carina 只是涂着简单的红色。

Carina 抬头看了我一眼说:"不用,虎虎喜欢这个颜色。"

这是我第一次听到梁先生的乳名,Carina 说,按生肖传统,梁先生属虎,于是,她给他起了个名字叫"虎虎"。原来,这个名字是 Carina 起的。

Carina 是个怎样的女人?工作狂吗?但她没有 Maggie 那种所到之处寸草不生的杀气。她优雅的神色下难掩憔悴,这份疲惫感让她的严肃有了裂痕。

不过,她和 Maggie 一样,好像对自己的孩子都不太在意。那天晚上,我第一次见到 Carina 时,不知道和她谈什么话题才能拉近距离。我想,和妈妈谈孩子肯定错不了。我向她谈起卡卡,她看起来毫无兴趣。直到我提起一件事,她说:"梁先生小时候也这样。"那一刻,她眼里才有了光。

我没看见梁先生的身影,他估计还在卧室里睡觉。以前,清晨 5 点,梁先生便会起床开始健身,他喜欢在 5 点半至 7 点的时间段里,游泳、跑步或者打拳。但无论他做什么,8 点前总要赶回家去,确保卡卡睡醒后能看到自己。然后,再陪着卡卡洗漱,吃早餐。而现在,他在睡觉。

我把早餐摆在餐桌上,提醒 Carina 来吃。她看我带了这么多食物,便让我留下来一起吃。我跟着胖胖工作时,蹭吃蹭喝惯了,一时间忘了拒绝。

我把鲜榨的果汁分杯,放在各自的餐位上。Carina 把梁先生餐位上的果汁端走,换了一杯冰牛奶。如果我没记错,梁先生不喜欢喝牛奶。

Carina 看着早餐对我说:"准备得很丰盛,费心了。平日里也是这样吗?"

我说:"这是例餐。平日里,我和同事们也都是这样准备的。"

我们把梁先生和卡卡照顾得这么好,是不是该考虑加薪了?

Carina 说:"哦,三人份啊。"

短短一句话,淡淡的语气,却把我吓个半死。梁先生与燃燃曾在这里居住过很长一段时间,所以我们才会一直按照这个分量备餐。

之前的事,她都知道了吗?我不知道该如何应答。好在这个时候,卡卡开口说:"爸爸让我多吃点,长得快。"

话题被卡卡带偏,她是故意的吗?她在帮梁先生刻意隐瞒,她怕被 Carina 再次抛弃,如果是这样,那可太让人心疼了。她极力表现出乖巧的样子,讨 Carina 欢心。我曾天真地以为,卡卡根本搞不懂梁先生与那些女人是什么关系。原来,她什么都懂。

这时,梁先生从卧室里出来了。要不然,我不知道事情会发展成什么样。他走到餐桌旁轻蹭 Carina 的脸颊,Carina 用一只手摸摸他的脸,顺势拉着他,让他坐在餐椅上,准备吃饭。

梁先生想伸手去拿杯果汁,但手伸到半空中停住了,又缩回来。Carina 帮他把衣服的袖子向上挽了起来,这个动作自然而然,仿佛每天都会这样。反观卡卡,她吃东西的残渣又沾在了袖子上,裤子上也积累了一层,而这些 Carina 根本没注意到。

饭后,我的同事接卡卡去机场,她又要回学校了。

梁先生靠着北极熊沙发,问我房子的事情筹备得怎么样了。梁先生考虑到卡卡长大了,想换个成熟的家居风格。这几天,我就在忙这件事情。Carina 则认为没必要换,反正不经常住在深圳。最后,她让梁先生站起来,指着白色的北极熊沙发说,把这个沙发换掉就好了。

这款沙发是意大利设计师 Francesco Binfarè 最具代表性的作品之一。它的创意来自冰天雪地里与一只憨态可掬的北极熊邂逅,它趴在一块漂浮的冰块上慵懒地睡觉,享受着温暖的阳光。设计师用北极熊侧躺在浮冰上的造型传达环保意识,提醒人们关注人与自然的关系。

这样的设计理念令燃燃深受感动。在梁先生这间房子里,只有这套沙发,是燃燃亲自挑选的。屋内的陈设,大多考虑到卡卡的喜好,卡通感十足的家居用品不在少数,而 Carina 单单指出了要把这套沙发换掉。

她说换,我就换。这款北极熊形状的沙发靠背是可以移动的。我尝试着挪动,探探它的重量,方便安排同事来搬离。

梁先生说:"我来搬,看看它有多重。"

"北极熊"的一端刚被梁先生提起来,另一端就把茶几上放着的果汁蹭翻在了地上,地毯污浊了。

梁先生扭头对 Carina 说:"现在地毯也脏了,我们换一套房子吧。"

Carina 捏捏他的脸,让他不要淘气。她对他说的话,是妈妈看见儿子调皮后常说的话。

梁先生说:"你来之前,我的两任女朋友都住过这里。"

我的心提了起来,我为什么要站在这里?地上碎裂的玻璃瓶会不会沦为凶器?我向后退了几步,远离"战场"。

尽管老周让助理们把梁先生身边其他女人的印迹统统抹掉,并反复强调要三缄其口,但我们私下里讨论过,梁先生先求婚再分手,两段感情不只无缝衔接,还有部分重合,他这段时间的感情史真能瞒住 Carina 吗?梁先生急着把卡卡送回学校,难道不是担心卡卡年龄小,妈妈一哄,就把她见到的都说了吗?

我实在是没想到,梁先生会在这种情况下毫无铺垫地谈起此事。

Carina 笑了,她甚至笑得喘不过气。她问梁先生:"你学习东方文化多年,有没有听过这样一句歇后语?"

梁先生问她:"哪句?"

她说:"腰里别两只死老鼠——冒充老猎人。"

她说这话时的表情,云淡风轻。格局不同,降维打击。还好燃燃或东东没有与 Carina 正面交锋。否则,她们定会灰飞烟灭。

我的手机在兜里不停地震动。定然又是燃燃。这几天她总是给我打电话。我怎么接?接了说什么?

半年前,我调岗后,燃燃还在梁先生身边,别说分手,连发脾气都不敢。也对,梁先生多交往个女友而已,又不是破产,有什么好气的?

那么,这次梁先生与她分手,她定然也不会生气了。我看过老周拟定的分手协议,比给东东的分手费多好几倍,足以保障她享有现在的生活品质到百年之后。这不难看出,梁先生想摆脱燃燃的迫切之情。东东还是选错了时机,如果拖到现在分手,得到的钱肯定会更多。

东东可以利用梁先生给的分手费以及积攒的人脉创业。燃燃与梁先生在一起的时间比东东长多了,定然也会积攒更多的人脉。发展自己的事业不比当梁先生的女人风光吗？

燃燃定然会这样。嗯，一定会这样。我只允许自己这样想。

半年前，我还会因为燃燃与梁先生的私人情感，贸然选择调岗。可如今，我一点儿这样的念头都没有，甚至开始琢磨如何讨 Carina 欢心。

风水轮流转。现在，关于梁先生的一切事务全由 Carina 做主。她开始审核我们往年留下的账目。老周被这件事折磨得整宿整宿睡不着觉，那种一人之下万人之上的风光已不复存在。老周在 Carina 面前只能夹着尾巴做人。像我这种级别的助理，就更不必说了。我能否在年底的考核中顺利晋升为 SVP（高级副总裁）层级，决定性要素就是 Carina 的意见。

瑞士，梁家祖宅。大董举办家宴，欢迎 Carina 回家。

远远地，我看见猪仔在房子一侧的森林里吹着泡泡奔跑。阳光下，那份快乐好不真实。

Carina 也怔在原地。

这是 Carina 第一次见到猪仔，她说："这孩子长得很像小时候的虎虎，肥肥的，跑起来却很灵活。那时，我喜欢喊梁先生'会飞的土豆'。他嘴上不答应，但每次听到后，都会飞快地跑过来。"

胖胖对 Carina 的评价深表赞同。但这遭到了猪仔的反对，猪仔一摇头，梁先生不乐意了："你不喜欢长得像我吗？"

平日里，慢半拍的猪仔这次回答得很迅速："我不喜欢。"

Carina 掩嘴偷笑，梁先生把猪仔抓到怀里，问："长得像我不好吗？"

猪仔说："我想长得比你帅一点，但是这好像很难。"

唉，傻乎乎的猪仔，我都准备好看梁先生的笑话了，没想到你的反驳反而夸奖了他。

梁先生因为猪仔这句欲扬先抑的夸奖乐得合不拢嘴。猪仔不知道梁先生在笑什么，他问 Carina："你是因为他帅气才和他结婚的吗？"

梁先生听到猪仔的问题笑得更开心了，他抱起猪仔带他去拿糖果。像猪仔这个年龄的小孩，好奇心很强，每天都有许多问题。他的这些"甜言蜜语"一定能为他带来不少糖果，也给别人带来许多欢乐。

我记得那天，猪仔问大董：" charming guy 是什么样的人。"（charming guy 大意：有魅力的，有吸引力的男人）。

大董说了一堆类似幽默、帅气、正义的词汇，却没有明确地下定义。

猪仔听了一会儿，忍不住打断了大董："还好你遇见的是很用功学习语言的我。如果是其他人,你说了这么多,别人都听不懂。"

大董问他:"怎么讲才可以让大家都明白呢?"

猪仔很认真地告诉大董:"下次别人再问你什么是 charming guy,你就让他看着你,告诉他们你就是 charming guy。"这番话把大董哄得特别开心。

身处大董这样的职位,恭维他的人定然数不胜数。但猪仔这番欲扬先抑的拍马屁功夫,虽然显得傻乎乎的,却胜在真诚。

Carina 陪着胖胖在客厅的沙发上聊天,这两位"不靠谱"的妈妈在谈当妈妈之后的变化。这时,肖先生走了过来。

胖胖问肖先生:"你喜欢我之前的状态还是当妈妈之后的状态?"

肖先生没有直接回答而是反问胖胖:"这两种状态,哪种更让你快乐?"

他看到胖胖在思考,就接着说:"什么状态不重要,我喜欢的是快乐的你。"

听到这话,胖胖笑得很幸福。不愧是肖先生,太会讲话了。如果我是肖先生,我会怎么回复呢?我应该会说,我喜欢现在的你。毕竟过去已经回不去了,说了也是白说。可是,如果我说这句话就意味着否定了过去的胖胖,而肖先生的回答充分展现了他对胖胖的尊重。

人要悦纳自己，同时也不应该对别人的人生指手画脚。一个人状态的好坏，应该由自己来评判，也只能由自己来评判。适合自己的才是最好的。

我想起了梁安，那个教会我辨识猎户座的男孩。今天的聚会他又没有来，他无法与人类正常沟通，他脑子里装的是星汉灿烂。上次见到他时，他和我聊起了冥王星。

梁安说，冥王星已经被踢出九大行星之列了。当初，人类将它划定到九大行星时，它就是九大行星之一。现在，人类认为它不属于九大行星之一，它就不属于了。可这九大行星不过是人类自己的划分。对于冥王星而言，是否成为九大行星，根本不影响它的运转。只不过人习惯了以自我为中心衡量万物罢了。

猪仔被梁先生带走后，还不到半个小时，他的身上就被梁先生套上了一块白布。这块白布被梁先生用打火机烫出三处小洞，猪仔就穿着它冒充幽灵，风风火火地在客厅里追着狗狗玩儿。

三分钟之后，猪仔的鞋带开了，他脚一滑踩到身上耷拉下来的白布，摔倒了，腿上立马浮现出一块瘀青。

负责看护猪仔的工作人员应该是新入职的，我之前没见过她，她看见这样的情况吓得满脸仓皇。胖胖看到这位看护人员的神色,让她不用担心,并无大碍。

这时,看护说:"我之前任职的那家,他们的孩子被蚊虫叮咬都是我们的失职,更不必说摔碰受伤了。"

胖胖很疑惑,她说:"蚊虫都不让叮咬,是要拿孩子的皮定做沙发吗……"

我差点憋不住笑出声来。看来有钱人家的小孩,成长方式也不一样。

猪仔被放在沙发上,看护拿来了摔伤油,准备轻轻地涂抹在他腿上。Carina 担心猪仔会哭闹,用手遮住了他的眼睛。涂药的整个过程不超过三分钟,等 Carina 把手放下来的时候,猪仔已经闭着眼睛睡着了。Carina 大为意外,谁会想到猪仔这孩子睡眠质量如此之好。

胖胖早已习惯,她说:"猪仔这孩子,屁股挨到哪里就能睡到哪里。之前肖先生让他睡前躺在床上看星星,但是他一倒头就睡着了,肖先生只能让猪仔站到院子里看。"

Carina 说:"小时候哄虎虎睡觉特别难。好不容易关上灯,他会说抱抱睡。你刚抱住他,他会说抱紧一点。你将他抱紧一点,他又会说讲个故事再睡吧。等你讲完,他还是不困,又要再听一个故事。有一次,我通宵给他讲故事,我很纳闷儿,这孩子白天运动量这么大,怎么不困呢?后来,我发现他为了抵抗困意把自己的屁股掐出一大块乌青。以后,任他说什么也只讲一个故事了。"

胖胖问："为什么从小就陪着他睡觉,对他那么好？"

Carina 说："小时候,他刚来到我家,我发现他总是白天躲在桌子下面靠着桌腿睡觉,我以为他在偷懒,就推醒他。谁知道,他下意识的动作是用手臂护着头。我很心疼,担心他睡不好就总是陪着他。"

之前,我只知道梁先生小时候被养在 Carina 家里。今天才知道梁先生从小就有头疼的毛病,Carina 的爸爸是医生,索性就把梁先生放在他家里,方便治疗。对于一个小孩子来说,给头上扎针或者戴治疗仪器都是一件极其恐怖的事情。也许,正是因为这样,梁先生才会对医学感兴趣吧？要不然,怎么会偷偷地看医学类书籍？可是,医学类书籍又不是什么见不得人的书籍,为什么要偷偷看呢？他不会在里面夹带了其他内容吧。

胖胖和 Carina 继续坐在沙发上分享孩子们的趣事,几位有孩子的工作人员也跟着她们畅聊。但无论她们谈到关于孩子的任何话题,Carina 分享的都是梁先生小时候的事情,她从没提到卡卡。也对,如果换作是我,即便面对的是自己抛弃的小狗,也会感到惭愧,更不必说是孩子了。

午宴,大董亲自烹饪。大董深谙烹饪之道,他用一本很厚的笔记本当作菜单,他每学会一道菜就写在上面。今天,大董为 Carina 设宴,便拿出这份菜单,让 Carina 点菜,他亲自做。

这是至高无上的荣誉。Carina 抛弃梁先生,抛弃卡卡,为何会受到如此礼遇?这样的女人不应该是梁家的罪人吗?我不理解。

席间,气氛温馨。

胖胖说要给 Carina 一份惊喜,这份惊喜是 4K 修复版的家庭录像。梁先生想阻止,却不好打扰 Carina 的兴致。不用想,视频里的内容一定会让这里变成梁先生的大型"社死"现场。

视频中,房屋与今日一样,屋内的陈设也没什么变化。二十多年时间,好像什么也没有改变。要不是视频中那棵意大利伞松,比如今矮小许多,我一定会以为,在树下奔跑着的孩子是猪仔。

果真,像极了。

视频中的那个男孩子是小朋友中跑得最快的。他跑到客厅里,坐在餐桌前,大口大口喘着气。他的面前放着一个三层蛋糕,小朋友们陆陆续续围了过来,闪光灯此起彼伏。他闭着眼睛许愿。不知是谁的声音,说道:"愿望要放在心里才会实现。"

他偏不。他把愿望喊得很大声:"我要永远和 Carina 睡觉。"

那孩子就是梁先生，错不了了。视频中的 Carina 已经是个大姑娘了。此时，梁先生还没有她的腿高。

"Carina 结婚后，就会抱着别人睡了，不会再和你睡了。"视频中，一个胖胖的女孩儿说道。

男孩子"哇"的一声，转身抱着 Carina 的腿哭了。胖女孩儿好似早有预料，她把这个男孩子往旁边推了推。很快，大人们便围拢了过来，安慰小男孩儿。

小女孩儿就趁着大伙儿不注意一脚踩着凳子，一手扒着桌子，用手抓起蛋糕上的棉花糖往嘴里放。那女孩儿就是胖胖，也错不了。

看到这一幕，胖胖忙捂住肖先生的眼睛，她说："我明明把后面这半段剪掉了。"

我知道，胖胖指的是自己偷吃那段。爆料别人的糗事，顺道也把自己推到了坑里。梁先生和胖胖的年龄与大董相差近30岁，视频中他俩还是孩子，而大董已经风度翩翩。

大董笑了笑："刚刚播放的这个版本是我带来的，不是你那份，要放这个才有趣嘛。你俩的差别太大了，明明差不多的年龄。"

饭桌上气氛轻松愉快，但大董说到这里却戛然而止。

什么叫差不多的年龄？视频中的小女孩儿看起来确实要比小男孩儿高一些。他们不是双胞胎吗？也对，双胞胎也有先后啊。听说,女孩子的发育要比男孩子早一些。

大董看向梁先生:"之前带你去游乐园,每玩过一个娱乐项目就舍不得离开去玩下一个。好不容易哄你玩下一个娱乐项目,玩过之后又不舍得离开了。"大董又看向胖胖:"你跟他完全相反,你对每一个娱乐项目都毫不留恋,玩过一个就迫不及待地去玩下一个了。"

后来,大董又谈到一件梁先生与胖胖小时候的事情。

大董曾带着年幼的梁先生和胖胖生活过一段时间。胖胖总是叫大董爸爸,而不是哥哥。大董纠正了胖胖很多次,告诉她要叫哥哥。但胖胖说:"你带我吃,带我玩儿,就是我爸爸,一家人不必计较那么多……"

从此,大董就很心疼这个妹妹。可是,胖胖看见自己的爸爸后,就会甜甜地撒娇,叫回大董哥。

但是梁先生,不管被谁带走,每天都会守在电话旁,等着Carina的电话。只要一有机会,就让Carina带他走。

午后,大董靠在沙发上休息,他的助理递给他一张小毯子。大董说:"这是韦微给我做的毯子,上半部分比较薄,下面的三分之一处比较厚,盖上它午休,小腿和脚就不凉了。要不然睡着后总会变得冰冰的。"

猪仔听到大董的话,一骨碌从沙发上滑了下来,他爬到大董身边,一把将大董的脚抱在了怀里,奶声奶气说:"抱抱就不冷了。"

大董还穿着鞋,他忙将猪仔捞起来抱在怀里。面对这样的举动,谁会不感动呢?

我想,假如我跟猪仔比赛当"舔狗",抢饭可能都赶不上热乎的。

猪仔的种种行为,都让我意识到家庭氛围的重要性。我小时候,被家人当作家庭的中心,他们都谦让我。

所以,在很长一段时间内,我都以自我为中心。我从不会巴结别人,也不会讨好别人。上学后,我接受的教育又告诉我阿谀奉承是错,努力就会有回报。直到上了大学,我都不懂人情世故的重要性,我总是自命清高。

幸好,我的工作改变了我。如果我没有来 TC,而是去了中小公司,定然会不适应,甚至心里看不起别人。或者不愿意和领导有过多的接触,认为自己能够完全靠实力获得自己想要的一切。

但在这样的家庭氛围里,猪仔从小就知道这个家庭的核心是大董。大家要讨大董欢心才能有更大的收获。被这种家庭氛围熏陶的小孩,未来做事情往往能精准抓住关键点。当然,为人处世也会很圆滑。

十五　天赋是教不会的，学也会学"废"

从瑞士回来后，我又投入繁忙的工作中。明年，梁先生将调任瑞士。

自从回到梁先生身边，Carina 就陆陆续续接管了许多工作。名义上，Carina 只担任顾问一职，她却拥有直接代表梁先生签署文件的权力。我们所有的工作都需要向 Carina 汇报，就连大董也多次会见 Carina，商谈未来战略走向。

那天，我向 Carina 汇报月度的总结。

Carina 对梁先生说："不愧是你亲自挑选的人，工作适应性很强。"

我听到 Carina 的话，自然是特别开心。不愧是 Carina，简单的一句话，同时夸奖了我与梁先生两个人。如果可以给我升职加薪那可就更加英明神武了。

这时，躺在沙发上的梁先生，听到 Carina 如此夸他，也坐了起来，开始自夸："我当时一看那批新人，就知道他们都是带着项目来的，只有星星例外，所以就把她挑走了。剩下的人都留在了 TC 大中华区,结果那一年 TC 大中华区果真多做了好几个大项目。"

我站在一旁,尴尬极了。我一直以为我是有什么过人的才能,才被选走的。再不济也是因为名字像"猩猩"而已。但我实在没想到,梁先生挑选我是因为他觉得我没用、没资源,让我这样的人占着需要拼业绩的职位会影响 TC 的业绩,所以才把我挑走了。

尴尬并没有结束,梁先生扭头问我:"为什么要进 TC?"

他讲这句话时,所用到的表情,仿佛在说:"要不是我选你,你的职业前景将一片黑暗。"

习惯真是可怕。习惯和肖先生一起工作后,一时间真的很难适应梁先生这种直言直语带来的尴尬。当然不只是言语,有时候还有动作与行为。

那天,梁先生听说 Carina 开会结束了,就去办公室看她。但梁先生进门后,看见 Carina 已经躺在沙发上睡着了。Carina 连着开了五个会议,怎么会不累呢?

梁先生看着 Carina 躺在沙发上,还工整地穿着套裙和高跟鞋,就走过去,蹲在旁边,试图把 Carina 的鞋脱掉,但是 Carina 的高跟鞋上有一条极细的皮带锁扣。梁先生怕自己的动作弄醒 Carina,只是很小心地试图解了一下,锁扣没有被解开。

梁先生小声嘀咕："穿着高跟鞋休息，脚会肿的。"

梁先生让我帮他找一把剪刀，我不知道他要做什么，就把办公室的剪刀递给他。

只见梁先生接过后，剪开了 Carina 高跟鞋上的小皮带，帮她把鞋脱下来了，卡扣不小心勾住了她的丝袜，破了一处。

我看愣了，我要是知道他会这么做，一定拦着他。他甚至想掩盖他的"罪证"，他脱下外套，轻轻盖在了 Carina 的小腿上，遮住被划破的丝袜。

但我看得一清二楚。如果换作是我，一觉醒来后，发现自己的高跟鞋被人剪了，我一定会举起我的高跟鞋敲向那个人。

真的搞不懂梁先生的脑袋里整天想什么，他结婚前并不是这样的。但他有一点没变，一如既往地不懂浪漫。

那天，老周交给我一份礼盒。礼盒不大但十分精致，看样子像是鲜花。我接过礼盒时，差点掉在地上，因为我没想到那个体积的礼盒会如此沉重。

我抱着礼盒，越走越觉得冷。这到底是什么东西，阴气这么重？我悄悄地掀起一个角，侧着看，我将礼盒扔在了地上。

那一角正好对上死鱼眼，惊吓过度，谁会在如此精美的礼盒里铺满冰，再放一条眼睛外突的死鱼呢？我重新将它们填回礼盒，梁先生留下的卡片已经脏了，上面写的大意是：我去海钓了,这是我的战利品。

每到这时,我不禁会想,有时候选择和一个人在一起,就意味着选择了一种生活。胖胖与 Carina 的生活肯定是完全不同的。肖先生给胖胖准备礼物,往往不是直接送给胖胖,而是偷偷藏在她常放东西的地方。当胖胖去拿东西的时候,就会意外地发现这个礼物。尽管有时只是一张小卡片,但这种方式就像是小孩子寻宝藏,会让人格外惊喜。

可是,天赋这种东西,教是教不会的,学也会学"废"。

梁先生结婚后,特意向肖先生请教准备惊喜的方法。肖先生告诉梁先生这个方法后,梁先生精心地准备了许多礼物。但是,梁先生把这些"惊喜"藏得太深了,Carina 在短时间内根本没有发现。

一段时间后,Carina 从衣柜里发现了端倪。她发现衣柜里有黑褐色的污渍,她把它翻出来,发现竟然是一盒巧克力糖果。这盒手工巧克力不仅过期了,融化后流出的液体还弄脏了她的连衣裙。

Carina 没有生气,反而笑了,眼神中满是妈妈对儿子的"溺爱"。她说,梁先生小时候亲自给她画过一幅肖像画,不仅丑,还用的是她最心爱的口红。

怪不得她对梁先生的心理承受能力比我强,这"惊喜"和愤怒交织的复杂感情,可能只有当事人才能体会吧。

尽管如此，我也会怀念与梁先生对接工作的日子。

Carina 不在的那段时间，助理工作的繁杂程度与现在相比，真是小巫见大巫。那时候，助理只需要按照老周揣摩的"梁先生的喜好"工作。说白了，那个标准是我们主观臆断的。自己按照自己的想法办事当然简单。但是现在，助理需要完全按照 Carina 的标准工作。

Carina 的要求十分细致，常常令我崩溃。

之前，为了防止梁先生出海时晒伤，我们会准备防晒霜。不过，大部分时间，梁先生根本不涂抹防晒霜。助理只需要准备一瓶备用即可，我们践行的工作标准是梁先生涂抹了我们提供的防晒霜，不会过敏。至于防晒效果，我们从没有考虑过。

自从 Carina 回来后，面对不同天气，不同紫外线，不同温度，如果助理们为梁先生准备的是同一款防晒霜产品，Carina 会责怪我们办事不力；等梁先生玩水回来，如果室内温度没有调节到与户外温度、湿度相协调的程度，Carina 会责怪我们办事不力。

面对 Carina 对助理的高标准、严要求，我可以接受。毕竟，拿人钱财替人消灾。老周说，Carina 以前担任大董董秘时，她对大董助理的要求更加苛刻，经过她培养的助理，随便挑出一个放在区域高管的位置都可以独当一面。的确,这不怪 Carina 要求苛刻,只怪我们之前太散漫了,一时间不习惯而已。

但有时候,Carina 安排给我的工作,根本不是执行难易的问题,而是根本不知道怎么做。

Carina 想让梁先生多吃蔬菜,就会要求助理让梁先生多吃蔬菜。我在定餐食时,增加了蔬菜的比例,但是梁先生用餐时没吃那些蔬菜,Carina 也会认为我办事不力。

每到这时,Carina 就喜欢翻旧账。她在质疑我工作能力的时候,也在质疑助理们以前没有照顾好梁先生,让梁先生受委屈了。可是,为了实现自己的职业理想,抛下梁先生和卡卡的人明明是她啊。

为了让梁先生多吃蔬菜,Carina 会在和梁先生聊天时,自然而然将蔬菜放到他嘴里。这让助理怎么办呢?难不成把梁先生的头拧下来,塞进去吗?像这样的事情,数不胜数。Carina 从来不直接要求梁先生做什么,而是让助理去做这个"坏人",从而达到她想要达到的目的。

面对这种情况,我换了一个手机壳,我的手机壳上印着:"己所不欲勿施于人。"我希望中华优秀传统文化的力量可以在潜移默化中改变 Carina。

常言道:念念不忘,必有回响。有一次,Carina 看到了我的手机壳。她问我:"己所不欲勿施于人,那己所欲怎么办?"

怎么办?这句话还有后半句吗?是不是我记错了,闹了笑话?

Carina说:"现代很多矛盾的产生,并不是己所不欲,勿施于人。而是,己所欲,施于人。"

这个观点令我大受震撼。的确,很多人喜欢用自己的标准要求或者评价别人。像有的人结婚生子,生二胎三胎,也会劝别人结婚生子;像有的家长辅导小孩作业,面对孩子的困惑,家长认为如此简单的题目自己可以轻松解答,就控制不住对不会解答的孩子发脾气;像有的老板认为自己创业的时候可以起早贪黑,就要求员工也996或007。如果员工抱怨,还会认为员工不知道感恩。

本质上,这些都属于己所欲,施于人。

Carina明明懂得即使己所欲,也不要施于人的道理,为什么她就是做不到呢?为什么还要逼我呢?

后来,我理解了Carina,她的这种严苛并不是针对所有事情。她只有面对梁先生的事情时才会如此小心谨慎,又不露声色。而梁先生的大大咧咧与口无遮拦,时常将我推向"深渊"。

那天,我陪同梁先生外出参加会议,行程三天。当晚,Carina 向梁先生通过视频汇报工作进展。我站在视频设备旁边做点要点记录。工作过程十分顺利,但在讨论结束时却发生了意外,梁先生与 Carina 互说再见之后,他准备关掉设备时说:"我们去睡了。"

我们?"我们"这个词一下子让我打了一个冷战。我知道他的意思是我们分别去休息了,但他的表述方式实在让我尴尬,但他毫无察觉。关键是我并不能休息,我还需要熬夜整理工作要点。

夜已深,我还在工作。我收到了 Carina 发来的信息,她提醒我,要确保梁先生睡觉的时候戴着睡帽,担心他睡着后睡帽掉了,第二天会头疼。

我是在陪同 Carina 30 岁的老公出差吗?还是在照顾她 3 岁的儿子?我要怎么确保他睡觉的时候帽子一直在头上?难不成要用强力胶粘在他的头上吗?真是离谱……

转念一想,哦,原来是这个意思。我回复她:"这一点我很难办到。"

往常,助理只会回复收到、已办理等内容。这样明确的拒绝还属首次。之后,Carina 并没有再回复什么。这次,我猜透了 Carina 的小心思。但如果梁先生继续这样口无遮拦,我早晚会被这样的猪队友害死……

Carina 45 岁了,而梁先生才 30 岁。她更年期的时候,梁先生还正当年,所以她有自己的焦虑。

梁先生喜欢运动,帮他做运动按摩的女教练身材很好。他们在做运动拉伸或放松的时候难免会有肢体接触。以前,燃燃为此吃过不少闷醋,屡次想把这个教练换成男性,最后都没有得逞。

Carina 面对这种情况的处理方式就显得机智极了。她非但没有把梁先生的女教练换成男性,还给梁先生安排了不同的女教练,这个岗位变成了轮岗,这种短暂的接触,根本不会产生任何感情。梁先生每次运动都能有不同的"佳人"相伴,他也会偷着乐,双赢。

之后的日子里,我开始刻意与梁先生保持距离。

相安无事的日子过得飞快,又到了每年考核评级的时候。越往上走就越难,竞争就越残酷,如果说第一年的年末,我是凭借"捡漏"升职,这一年,我就要凭借自己的实力打败对手了。

这样的压力让我喘不过气。有时候,我独自开车时,听到悲伤的音乐,眼泪就会流出来。甚至有一次,下班后,我独自站在空无一人的办公室,面对无从下手的工作,眼泪"哗"地一下流了出来。

这时,梁先生不知从哪儿冒了出来,他站在办公室门口向内探出头,问我怎么了。

我的理智在深夜里没有压制住软弱,我说:"这个工作还没有做好。"

梁先生说:"不要哭,做不好也没事。"

他的这句话,仿佛让我找到了依靠,我问:"不会做也没关系吗?"

梁先生很认真地看着我说:"没关系,你不想活也没关系。"

我的斗志瞬间被激起来了,如果他不是我的老板,我定然脱掉高跟鞋敲他。这种安慰就像你说自己胖了,别人安慰你,猪不都是这样吗……

立春之后,短暂休假。

老周给我发来信息,恭喜我升职。这天正值农历大年初一,我抬头看着眼前的新天鹅堡,我希望新的一年我要有做自己的勇气与自由,以及每晚为全世界放焰火的浪漫。

这年,小雨离婚了,好在她工作稳定,生活尚不艰难。东东的公司发展势如破竹,照此速度发展下去,在纳斯达克敲钟指日可待。燃燃又联系了我几次,但我都刻意回避了。

我顺利晋升为SVP(高级副总裁)层级,陪同梁先生调任欧洲,负责 TC 欧洲区的相关事务。

这次的晋升,令我明显感到,我的人生中有一只大手推着我。我人生中关键的事情,我自己都无法左右。

在 Carina 的明确建议下,梁先生送给她一处医学科研实验室。休假结束后,我就回到了工作岗位。这几天正在忙着维修内部环境,增添医疗设备。凌晨 4 点,实验室的设备在维护时出现了一些临时状况,因为 Carina 要求我们加紧工期,所以我打算一早就去找她汇报。

瑞士,梁家祖宅。

往日里,梁先生会和 Carina 住在他们小时候居住的木质别墅里。我们去修缮这栋房屋时,看到里面摆放了各种各样的小物件,有马鞍,有水壶,也有匕首。Carina 说,这些物品是她和梁先生去探险时与别人交换的纪念品,他俩去过很多地方探险。

自从梁先生与 Carina 住到木屋后,工作人员的住处就被搬到了祖宅的另外一侧。

早上 7 点,我找 Carina 汇报工作。他俩并没有住在小木屋,而是住在梁家祖宅内。Carina 看起来没有一丝清晨的困倦,她盘腿坐在垫子上,一边看文件一边喝咖啡,这就是她的早餐了。

还没到十分钟,梁先生从卧室里走出来。我可以感受到梁先生在故意装作不开心的样子,吸引 Carina 的注意。

因为梁先生躺向沙发时,故意制造出很大的声响。但是 Carina 连看都没看他一眼,她很专注地用笔圈出来数据指给我看。

又过了几分钟,梁先生拿起沙发上的靠背,放在 Carina 的坐垫旁边,他躺在地上。如果这时候 Carina 还装作看不见他就不合适了。她像摸狗一样摸了摸梁先生的头,然后赶紧把那页看完,又跟我约定了下午的时间。

我出门时,看了一眼 Carina,她就像一个单身职场妈妈,很努力地工作,还带个不省心的儿子。我这个孤家寡人,毫无累赘,又有什么道理不努力工作呢?

从梁先生刚刚的表现中,不难看出他与 Carina 发生了争执。再怎么听话的"儿子"也有跟"妈妈"意见相左的时候。梁先生这样的"妈宝男",在大多数情况下对 Carina 言听计从,但涉及卡卡的事情就另当别论了。

下午,我走进办公室,梁先生对我说:"尽快调整出最新日程表,我要带卡卡去胡萨维克看鲸鱼。"

原来,梁先生又是因为卡卡的事情与 Carina 产生了分歧。他让我调整日程表的命令,明显是说给 Carina 听的。

Carina 对梁先生说:"我们再商量下,好吗?"她望着梁先生,她认为这件事还可以再商量。

梁先生摇摇头说:"不行,我已经答应卡卡了,这是卡卡去年元旦许下的新年心愿,现在已经超过几个月了,再过几天,她又要去学校了,我不能再拖了。"

卡卡在英国读书,学业繁重,只有假期才能回家待上几天。我想这也是梁先生主动申请调回欧洲的原因。如若不然,他在日本工作,与卡卡相距那么远,卡卡可以适应,梁先生一定不适应。

但我知道 Carina 有多忙,她除了处理 TC 的工作,还在处理医疗实验室的事情上分了很大一部分精力。可是,我不知道 Carina 为什么那么急切地打造这座医疗实验室。

Carina 说:"我们能不能和卡卡再商量商量,可不可以明年再去,明年我一定陪卡卡去。卡卡还小,她甚至不一定能够分清一年与另一年的分界线。我相信如果我们和卡卡商量,卡卡会同意的。她甚至已经快把这个愿望忘了,即使我们不去,她也不会难过的。是你自己给自己划了一条底线,你不想失信于人,尤其是失信于卡卡。"

梁先生说:"卡卡忘了自己的愿望,但我会帮她记得。"

梁先生说这话的时候,还拿出卡卡的鲸鱼相册。那是老师知道卡卡喜欢鲸鱼后,帮助卡卡了解鲸鱼的习性,收集的鲸鱼照片。她们还根据资料推测在什么季节去可能看到哪种鲸鱼,最后卡卡结合自己喜欢的鲸鱼,确定了目的地。她还在老师的提示下,一点点列好自己要带的东西。相册最末尾写着:卡卡今年一定要看鲸鱼。笔迹虽然稚嫩,却是卡卡亲手一笔一画写下的。

梁先生说:"也许卡卡明年会有其他的愿望,和看鲸鱼毫无关系。但是如果因为我们的原因,让卡卡的愿望延期到明年实现,卡卡会同意,只不过是妥协后同意的。对于大人来讲,延期满足,或许能够获得加倍的快乐。但是对于几岁的小孩子来讲,今年的愿望是今年的,明年还会有明年的心愿。所以即使在明年,达成了今年的心愿,也不会加倍快乐,或许那个时候,即便实现心愿她也感受不到惊喜了。"

Carina 听到梁先生这样说,摸了他的脸。她让我重新规划接下来的日程安排。后来,他们俩带着卡卡去看鲸鱼了。

我想卡卡看见鲸鱼后,一定会特别高兴吧。我仿佛已经看到卡卡灿烂的笑容。

我小时候喜欢什么呢?仔细回忆下,我想起来了,小时候的我,特别喜欢橡皮,买到一块五角钱的水果形状的橡皮,我能高兴好几周。就连最讨厌的早起上学,也不讨厌了,因为想到能够到学校,和好朋友展示新橡皮,被众多孩子围在中间看小橡皮。但那时候是小孩子,只有妈妈偶尔给的零花钱,如果我买了新的小橡皮,那就不能吃雪糕了。每当我纠结的时候,就想如果我能快点长大就好了,我就可以赚好多的钱,可以买好多的橡皮。可是当我长大了,有能力买很多橡皮的时候,得到橡皮,已经不会让我开心了。

也许,梁先生说得没错,愿望也是有时效性的。如果不在应该满足愿望的阶段去满足愿望,超过那段时间后,这个愿望就没有了。即使以后实现了,也不可能再获得实现愿望的乐趣。这一刻,我觉得卡卡有梁先生这样的爸爸很幸福。

我成长的这些年,很多愿望的实现的确是延期、又延期,最后我甚至忘记最初的愿望是什么。尤其是工作后,我几乎没有愿望,只剩下需求。需要更好的房子、更贵的车子、更高的职位。我想如果从小到大,我的每一个愿望都被满足,那我拥有的快乐会更多。原来,长大的过程中,在遗忘愿望的同时,我也丢掉了快乐。

梁先生如此呵护卡卡的心愿,那他的愿望有人呵护吗?我真是咸吃萝卜淡操心,他时间自由、财富自由,想做什么不能做呢?那他到底想做什么?

十六　完美手术方案

更深夜重,铃声刺耳。凌晨 1 点时,我接到老周的电话,发生了紧急事件,他让我立刻赶往医疗医学实验室。我"好"字的话音刚落,老周便果断挂断了电话。

这座私人医疗医学实验室是 Carina 向梁先生讨来的礼物。两个月前已经投入运营了,医学实验室的建设目的不是为了营利,而是为了医学研究与慈善。这里救助的病人大多数是一些病入膏肓又无钱就医的流浪者,或者是一些"无药可救"的人,他们来到这里,只为寻求一线生机。

我拍拍脸,让自己快速清醒,迅速起身。很快,我便收拾好,准备赶往医学实验室。不管我升到什么职位,我也摆脱不了打工人悲苦的命运。哪怕是下班时间,也得随时随地待命,就像现在这样,老周一个电话,我就要去做事,除非我想不干了。

路上,红灯亮,我在等绿灯的同时,借着明亮的月光,看见之前因为连续高温而干枯发黄的树,在近日降温后,悄悄冒出了许多鲜亮的绿叶。很快,绿灯亮了。

刚到医学实验室,便看见老周坐在沙发上,桌上摆着一杯还冒着热气的白水。看来老周也是刚到这儿。

老周冲我招手说:"来,坐这儿休息会儿,梁先生还有十分钟左右才到。"

我问:"发生什么事情了,这么紧急?"

老周简明扼要地告诉了我。原来,梁先生与 Carina 的朋友,那个令我印象深刻的吉普赛女郎,遭遇了枪击,脑部中弹,情况危急。梁先生的医疗团队已经准备接手了,但是在拿到吉普赛女郎的检测报告后,医疗团队发现她的情况比预计的更加棘手。团队对手术评估后,认为失败的风险极高,需要梁先生决策,是否放弃手术,保守治疗。

上次见到这位吉普赛女郎是在梁先生与 Carina 举办的结婚宴会上。他俩并没有举办隆重的婚礼,只是陆陆续续地邀请了自己的家人和朋友,与他们分享结婚的喜讯。

在宴会上,这位吉普赛女郎一见到梁先生,就热情地喊他"小偷"。我的同事小声翻译给我听,然后我俩装作没听懂的样子,暗自猜测估计是有感情债吧。毕竟"小偷"不是一个好的称呼。

后来,宴会结束,我和另一位同事负责送这位吉普赛女郎去机场。在路上，我们趁机问她，为什么喊梁先生小偷。

这位吉普赛女郎说，很多吉普赛女郎把偷盗当职业，但她并不想这么做。可如果不这样做，就会被身边的人排挤。所以，每晚她都会偷一个钱包交差。她偷盗的技术十分差劲，偷盗不成就改成抢夺，所以她喜欢找亚洲面孔下手，这些人大多是游客，面对这样的事情大多是自认倒霉，不会报警声张。

一天晚上，她看到一个亚洲人在拍照，这个人就是梁先生。她以为梁先生是游客，就把他的钱包偷了。可是，看到钱包里面的证件，才发现梁先生是瑞士人。她怕惹麻烦，就赶紧去找负责人交差。可在交差时，却发现偷来的钱包不见了。负责人正要凶狠地责怪她，这时，梁先生出现了，递给她一个钱包，问是不是她掉的。那位负责人把钱包拿走后，才放过了她。原来，梁先生从她身上又把钱包拿回来了，把证件拿走后，又递给了她，所以她一直喊梁先生小偷。

"我很傻。"那个吉普赛女人说，"整晚，我都在缠着梁先生问他是什么时候下手的，还劝他不要当小偷。后来，我向他坦露了我的苦衷。没想到，他竟然给我换了一个身份，我换了一个城市，有了一份喜欢的工作。"

从她说话的表情可以看出她真的很喜欢这份工作，我以为是什么高薪职业，一问才知道，她的工作只是穿着小丑的衣服，在广场上发气球。

她说,她偷别人的东西,送给别人的是伤心。但现在她的工作是发各种各样的气球给别人,带给别人的是开心。她只要攒够一些钱,就去游历世界。我问她为什么不先买个房子结束漂泊的生活。她惊讶地问我:"梁先生没有对你说过吗?"

我问:"说什么?"

"最宝贵的是经历,不是房子。"

这位吉普赛女郎走后,我反复琢磨她的这句话。当我把手伸进口袋的时候,发现里面有一枚手折的小爱心,上面写了祝福的句子。我扭头询问我的同事,他的口袋里也有。

这位把创造惊喜当职业的吉普赛女郎,今夜,给我带来了"惊吓"。老周说,保守治疗就意味着等死。

我对老周说:"我先去会议室做准备工作。"

他点了点头。参加的会议多了就会发现,在开会前做足准备,有利于把控会议节奏,能有效提高会议的效率。我一点医学常识都没有,只能在这方面为拯救她的生命尽一份力了。

医疗团队的专家主任们,陆陆续续都赶到了会议室。他们说刚刚已经和梁先生通过视频会议初步沟通过了,梁先生已经基本了解了这位吉普赛女郎的情况。

梁先生和 Carina 一起到了。时间紧急,两人迅速坐下,一边翻阅评估报告,一边与专家团队讨论可行的低风险的方案。

我知道梁先生在医学领域有很高的天赋，令我震惊的是Carina，她离开医疗行业多年，我发现她的医学专业知识储备一点也不比专家们差，甚至对目前可行性方案、风险性最低的手术方案都明确提出了几处可能存在的问题。

我看着Carina，心里是羡慕和嫉妒。羡慕的是，经过时间的打磨，Carina愈发成熟优雅，强势可靠，她是我理想中的职场女性。Carina对任何事情都可以游刃有余地处理，那种来自骨子里的沉稳自信，让我也有那么一些嫉妒。Carina丰富的知识储备和经验，不仅使她能够在商业领域混得如鱼得水，而且在医学领域，她的涉猎也很深。

我的手机在这时候震动了，又是燃燃。她干吗总是联系我呢？任谁看见Carina，都会认为她与梁先生更般配。对于梁先生来讲，Carina不仅是生活当中的贤内助，而且面对工作的事情，Carina甚至是他的良师。难怪梁先生最后的选择是Carina，如果我是他，我的选择也会是Carina。

他们还在不停地讨论，都希望能够商讨出一个更完美的手术方案。我看向窗外，发现今晚的夜空乌黑，也许有一颗星星在暗暗闪烁，但屋内的他们眼中只有手术方案，无心去寻找天空中可能闪烁的星星。

早上6点51分，我看见每一位专家都脸色凝重，浓重的压迫感衬得宽敞的会议室狭小逼仄。气氛这么沉重的原因是还没有确认主刀医生,他们都没有把握。

其实一开始,大家就心知肚明,梁先生做主刀医生是最佳人选,首先,他的医术不比在场的这些专家差;其次,万一发生什么意外,那些专家不用承担责任和抱怨,毕竟,病床上的人是梁先生的朋友。

众人都在等着 Carina 发话,Carina 看向了梁先生。梁先生坚决反对:"我不行,我怎么可以呢?"

Carina 没理梁先生,她细细罗列了许多数据,清晰地向在座的专家展示如果是梁医生主刀的话,成功的可能性会更高。

看似 Carina 是向专家展示,其实这一切都是做给梁先生看的,这是在逼梁先生:你不做就意味着你放弃了你的朋友。

梁先生没有说话,以我对他的了解,他是犹豫了。Carina 罗列的数据,从概率分析的角度来讲,这台手术最佳主刀医生的确是梁先生。

我不知道之前曾发生过什么事情,因为从我入职以来,只听说梁先生以前医术十分高明,但是从未见过梁先生主刀,我一度以为这是个谣言,只是为了吹嘘梁先生的优秀。

会间休息,梁先生还在看资料。Carina 突然问我:"你是不是觉得他们夸梁先生医术精湛是在吹嘘?"

祸从天上降,为什么要把我往火坑里推?打工人吹嘘金主,这不是常规操作吗？这点职业操守我还是有的。如果是同事这样问,那可真是居心叵测,可这是 Carina,我与她没有利益冲突。她为什么这样说？她想让我回答什么？说实话,我不信那些花胡子的专家会用别人的生命拍马屁,为了夸梁先生,让他主刀。

我说："有一些。"我说话的浓度与纯度与老周相比还欠缺一些火候。

幸好,Carina 听到我的回答后,颇为满意。她继续和我闲聊,我打起十二分精神应付她。

Carina 向我展示了一些照片,她将照片里的故事向我娓娓道来。她在讲述的时候,梁先生时不时抬头看一眼我们,但 Carina 只是看着我讲。

Carina 给我看的第一张照片,是梁先生抱着一个笑容灿烂、头缠绷带的男孩儿。她说："这是我们在摩加迪沙遇见的男孩儿,他的头部被爆炸的碎片击破了,梁先生救了他。他现在是一家饭馆儿的厨师。"

Carina 给我看的第二张照片,是梁先生在简陋的环境里为一个衣衫褴褛的黑人看病。她说："这位患者是流浪汉,他犯病后被医院拉去进行抢救,可是他什么都没有,医院只负责把他抢救回来,脱离危险后又把他放在了雪地里。他患有脑部肿瘤,是梁先生救助了他。"

第三张是梁先生和 Carina 在废墟中拥抱的背影。她不再对我讲述,而是问梁先生:"你还记得是谁为我们拍的这张照片吗?那个小姑娘被她的爸爸用酒瓶砸破了头,我们帮她包扎,她现在在小学里当老师了。"

通过 Carina 的讲述,我才知道她与梁先生还有这样的曾经。八年前,Carina 带着梁先生在非洲和一些贫困地区做过一年时间的无国界志愿医生。他们共同见证过生命的渺小脆弱,共同忍受艰苦的生活环境,梁先生挽救过许多人的生命。他们一起做了那么多善事,将那些因贫困、歧视、暴力而深陷泥潭的人拉出来。怪不得,梁先生还会组建"无国界妇女救助机构"。可是,那次行医归来后,Carina 放弃了医学,进入了TC 工作。不过,她一直支持梁先生在医学领域深耕。

当 Carina 在讲述那段做无国界志愿医生的经历时,梁先生一直盯着轮动播放的那三张照片。最后,Carina 问梁先生:"这次主刀医生,你来,可以吗?我希望你来。"

梁先生答应了她。

Carina 成功说服了梁先生,梁先生再次与医疗团队确认了手术方案,忙完之后天已大亮了。

我将梁先生和 Carina 送回家,回程的路上车内十分安静,我望向后视镜,看见梁先生的头放在 Carina 的腿上,Carina 耐心地为梁先生按摩头部,有时蹭一蹭他的脸,有时低头耳语。

Carina 在外面是强势的商业女强人,但是与梁先生在一起,总是一副温柔成熟的知性姐姐模样,反差巨大。

我将梁先生与 Carina 安顿好。回到家后,我躺在了沙发上,舒适的环境使我放松,我开始复盘这一天的工作。

中枪的吉普赛女郎,是在广场上为小朋友吹气球时被击中的,开枪的是一名醉汉,被当场逮捕。幸运的是抢救及时,这位吉普赛女郎脑组织没有感染坏死,但是因为中弹位置过于刁钻,许多医生束手无策。幸好她是梁先生的朋友,被送到了梁先生的私人医学实验室,如若不然,凶多吉少。

三天后,梁先生做好了充足的准备,担任主刀医生,为吉普赛女郎进行手术。手术期间,Carina 就站在手术室外的单向玻璃前,注视着梁先生手术。

这也许是 Carina 与梁先生的约定。梁先生偶尔会抬头看向 Carina 的方向,他知道她在玻璃背后,Carina 是他安定的力量。

我陪同着 Carina,她注视着手术室内的情景。我什么也看不懂,百无聊赖。

隔着玻璃,我看见对面长廊的一间房门打开了,一位老奶奶将一位坐着轮椅的爷爷推出房间,他们在等电梯。随后,我看见他们在楼下的花园里聊天。我听不见他们的声音,但能看到那位爷爷嘴巴一张一合，时不时费力地咳嗽。

突然，我的心里泛起一丝孤独感。我进入职场快三年了，没日没夜地加班，混乱的作息，变化多端的工作内容，时常让我感到力不从心。我想起 Carina 温柔耐心地为梁先生按摩，我羡慕他有人陪伴也有人关心。

手术结束了，时间长达十多个小时，梁先生和他的助手走出手术室，面容里透着深深的疲惫。面对这样难度的手术，人没死在手术台上就算成功了。

梁先生睡了整整一天。他醒来后，Carina 告诉他，那位吉普赛女郎已经度过危险期了。

当天下午，Carina 让我去梁家祖宅的酒窖里找一瓶 2011年的红酒，还指定了月份。她要用这瓶酒庆祝梁先生手术成功。

这个年份的酒在梁家的酒窖里算不上一个好的年份。酒窖里明明收藏了那么多更珍贵、品质更好的酒。而且，梁先生从来不喝酒。但是那晚，梁先生和 Carina 共同喝完了那瓶庆功酒，两人促膝长谈。

那天之后，梁先生去往医学实验室的次数与时间都在增加。一个月后，那位吉普赛女郎已经可以转入普通病房了。她重复念叨，希望梁先生能够继续行医，救治更多的病人。

梁先生从参与制订手术方案开始,慢慢地重新拿起了手术刀。

后来,老周告诉我,Carina 离开后,她的爸爸 Thom 就被查出了脑部肿瘤。Thom 深知自己病情凶险,几乎不可能活着下手术台。但 Thom 最后的愿望就是让梁先生为他进行手术。在 Thom 心里,梁先生是他一辈子的成就。

他们一起制订了手术方案,计划在一个月后进行手术。时间确定后,Thom 请梁先生和医疗团队的人一起喝酒。谁料,当晚,Thom 的肿瘤爆裂,只能紧急进行手术。而参与制订手术方案的医生们全部喝酒了,只能由另一些医生负责手术,结果 Thom 死在了他深爱的手术室里。从那以后,梁先生一直责怪自己,他再也不手术,也不喝酒了。

不过,Carina 回来后并没有责怪过梁先生,那样的手术本就是强人所难。我想,Thom 可能想通过一台失败的手术提醒梁先生要不断钻研,攻克医学难题吧。但世事难料,这件事竟然险些让梁先生放弃医学。

乍一看,似乎是因为救回了那位吉普赛女郎,才让梁先生重拾自信。但这背后蕴含着 Carina 缜密、大胆的心思。她从年初就在筹备实验室,即便没有吉普赛女郎这件事,她也会制造一件事,从她提议让梁先生当主刀医生开始,便一环扣一环地让梁先生跨过心理障碍,重新拿起手术刀。Carina 是个大胆的赌徒。如果其中哪一步赌输了呢？有些成功的路是不可以复制的，即使那条路摆在我的面前，难道我真的敢去赌吗？

梁先生帮卡卡守护心愿，Carina 也在帮他守护心愿。

那 Carina 自己呢？她为什么放弃医学事业，进入 TC 工作，为了钱吗？她和梁先生在一起，最不缺的就是钱。我实在搞不懂 Carina 为什么要这样做。

难得卡卡放假，梁先生专门把猪仔抓过来，陪卡卡玩儿。

上午，卡卡和猪仔一起搭积木。卡卡与猪仔分享在学校发生的事情。而傻乎乎的猪仔还分不清楚什么是上学，他只知道自己每天都要练习拳击。

卡卡问他："为什么练习拳击？"

猪仔说："为了打怪兽。"憨气逼人。

卡卡听到后，连连摇头，嫌猪仔幼稚。

午后，梁先生刚坐到客厅的沙发上，卡卡就跑过来，抱住了他的小腿，卡卡望着梁先生说："我想学拳击。"

梁先生说："学拳击很辛苦的。"梁先生有些舍不得。

卡卡认真地点点头，又问梁先生："我不怕辛苦。可是我是女孩子，女孩子也可以学拳击吗？我认识的女孩子，都在学芭蕾和乐器，只有像猪仔这样的男孩子才学拳击。"

梁先生说："那我们可以用粉色的拳击手套啊。"

卡卡听后特别开心,她挥舞着手说:"这个世界上要是有怪兽就好了。"

梁先生扭头,看见猪仔站在餐桌旁。猪仔正用双手捧着一个比他的脸还大的甜甜圈,专心致志地舔着上面的软糖和巧克力,脸上沾满了巧克力酱。

梁先生把猪仔抓了过来,顺手把猪仔的衣服,从他的后背翻过来,套在猪仔的头上。梁先生指着猪仔对卡卡说:"卡卡,你看,这不就有怪兽了吗?"

猪仔站在原地,因为梁先生的动作,导致猪仔的衣服下半部分套在头上,遮住眼睛,露出半个小肚子。但是猪仔毫不在意,衣服没有挡住嘴巴,他还在继续啃着他的甜甜圈。

卡卡看着猪仔的模样,撇撇嘴:"我才不打喜欢吃甜甜圈的怪兽呢,一点儿也不厉害。"

此时 Carina 走了过来,她看见猪仔的模样,伸手捏梁先生的脸:"又淘气了。"

梁先生这才看见 Carina 走来,他赶紧把猪仔的衣服放下来并整理好,假装正经地对猪仔说:"猪仔,你要把衣服穿好,不可以露出肚子,不然会感冒生病的。"

猪仔听到梁先生的话,认为梁先生是在教导他,傻乎乎地点头:"知道了,我会好好穿好衣服的。"

仿佛让他露出小肚子的人不是梁先生,而是他自己。

梁先生每次面对猪仔都玩心大起,与其说把猪仔接过来陪卡卡玩儿,还不如说是陪他玩儿。冤冤相报何时了,小时候胖胖欺负他,长大后他常常捉弄猪仔。

但是猪仔却很喜欢梁先生,总爱黏着他。有一次,梁先生竟然邀请猪仔去看他做手术。连我去传达梁先生的邀请时都认为自己在干坏事。毕竟,开颅手术的过程十分血腥。

梁先生的科研手术室,与外面的隔离是全方位透视的,但大部分是单向透视玻璃。只有一面是双向透视玻璃,里面可以看见外面,按下语音键即可与外界沟通。一些大型手术,主刀医生在做手术时,专家们会站在双向透视玻璃前,实时注意手术的进度。

猪仔收到梁先生的邀请后,十分开心。猪仔应该还不知道什么叫作手术,他在去之前,还特意换上了他的"正装",他的这件正装领结是印上去的。

猪仔站在双向透视玻璃面前,向梁先生招手。他没料到等会儿会发生什么,他只看到梁先生用刷子摩擦着他的手指甲。

这种尺寸的刷子,我一般都用来刷鞋。

猪仔终究是小孩子,当他看见梁先生用仪器对准病人的头的时候,还十分开心。可是当仪器将病人的头颅打开后,血红一片,猪仔直接被吓得哇哇大哭。

梁先生隔着透视玻璃,看见了猪仔,他按下语音键,隔着玻璃与猪仔沟通:"猪仔,你是不是害怕了呀?"

猪仔逞强说:"我不害怕,但是我有急事,想要走了。"

我们都看出猪仔害怕了,只是不好意思说罢了,但梁先生依旧不给猪仔留台阶。

又过了几个小时,梁先生再次邀请猪仔观看缝合过程。猪仔强撑着观看手术,他爱面子又害怕的纠结模样很可爱。

如果是平时,我会趁老板不注意捏捏猪仔的脸。但现在,我很担心这件事给猪仔带来心理阴影。我觉得,梁先生这次的"捉弄"过火了,我残存的良知驱使我把这件事告诉了 Carina,我想让她阻止梁先生。面对其他人的事情,我完全可以做到事不关己,高高挂起。我也可以讲出毫无纯度与浓度的"水话"。但是面对憨憨的猪仔,我做不到。

我告诉 Carina 后,她很意外我会因为这件事与她沟通。她说这是大董授意的,梁家的孩子要不然有勇气拒绝,要不然有勇气承担。

随后,Carina 还劝慰我不必担心,她说,梁先生小时候玩的玩具都是骨骼模型或者内脏器官。

一家子奇葩。幸好,猪仔观看过几次手术后,不再害怕了。

十七　惊喜不应该被规划

前路逼仄，路灯失修。我摸了摸额头上的汗珠，原来是梦。黑暗中我伸手拿起床头柜上的手机，唯一的光亮照在我的脸上。凌晨 3 点 44 分，四个未接来电，刺眼的红。又是燃燃。

我揉了揉眉心，没有接。燃燃能有什么事情呢？她脑子里只有梁先生，而我是梁先生的助理，他的私生活我无权言语。我与 Carina 相处快一年时间了，她确实很优秀。反观燃燃，她太过率真的性格与梁先生完全不合适。

话又说回来，在 TC 工作，少管闲事是必修课。

但我没想到，次日我们向梁先生汇报完工作后，老周告诉梁先生："燃燃爸爸的病情很严重。她这半年来都在为她爸爸的病奔波，她听说您这边组建了医疗团队，也是实在没有办法了才联络我。我虽然没有答应帮她，但已经把这份病历资料拿给您医疗团队里相关领域的专家了，但他们都束手无策。"

老周没有问梁先生是否需要查阅燃燃爸爸的病历，直接将厚厚的一叠资料递给了梁先生,他甚至没有放在梁先生的办公桌上。

梁先生只能接过翻阅,他紧锁眉头,只看了前几页就对老周说:"确实无药可治了,以他的病情能撑到现在已经是奇迹了。"

老周犹豫了一下,又开口道:"梁先生,燃燃那边,我……"

这技巧性的停顿,果然还是那只老狐狸,即便自己已经一只脚蹚了这摊浑水,也要保另一只裤脚干。梁先生看着桌面上的病历说:"就让她以为还没有联系上吧。留点念想,总比什么都没有好。"

我僵硬地回到座位,手里攥着笔。燃燃没有联系到我,最后联系到了老周。燃燃与梁先生刚分手时,我接过几次她的电话,不是求我带她去见梁先生,就是求我带她去见卡卡。我知道燃燃思念他们,可我能怎么做呢?我只能选择逃避,之后我就再也没有接过燃燃的电话了,我还会刻意回避与她相关的一切事情。

燃燃的世界里只有三个人——梁先生、卡卡和她爸爸。如果她爸爸去世,这样连续的打击,燃燃能扛得住吗?燃燃最近联系我,是因为她爸爸的病情吧。毕竟,梁先生这边的医疗资源不是拿钱就可以买到的。如果我早一点接通她的电话,把她爸爸的病情资料交给梁先生的团队,结果会不会不一样?

不会,死亡就像一场考试,临近考前总是最难熬的,但是考完就轻松了。人们要做的不是推迟考试时间,而是努力让考前这段日子过得轻松一点。得了难以忍受的病痛,早死才是好的。对,人生来就是要死的。

我只能这样安慰自己。我看着我桌上的小仙人球出了神,老周这种无利不起早的老狐狸竟然冒着得罪 Carina 的风险帮助燃燃,人果然复杂。老周虽然老奸巨猾,但他还是有真情在的。而我呢?我什么时候变成了这样。以前老周会教我降低言语的浓度与纯度,我不只停留在言语,甚至蔓延到了行为。

我可真是青出于蓝而胜于蓝……

瑞士的秋天橙黄橘绿,微风习习。临近中秋节,胖胖一家与梁先生一家齐聚在梁家祖宅。在这样美好的日子里,我们迎来了一个噩耗。

梁林深先生去世了。梁林深是大董父亲的哥哥,他一生未婚,没有子女。我只见过他一次,那时,我还在为胖胖工作。

梁林深与胖胖见面时,告诉胖胖,他在古巴居住了半年。他与胖胖畅聊在古巴发生的逸闻趣事,听得胖胖好不羡慕。

我从梁林深的语言和动作中,听出了他对胖胖的喜爱。他与胖胖的对话几乎全部围绕着美食与趣事展开。两人的志趣高度相似,我想,也许胖胖老去时也会变成这样鹤发童颜的老人。

老魏告诉我,梁林深没有产业,也没有固定资产,他租房居住或者住在酒店里。他年轻时也继承了部分财产,但是全部交给了大董的父亲。时至今日,他每年的花销都由大董负责。

梁林深家世优越,他过神仙日子在情理之中。但是我非常嫉妒梁林深的助理。同为助理,要不是我知道他们入行的时间,定然会以为他们是一群大一新生,他们每天都洋溢着开朗的笑容,好像没有经历过社会的毒打与人心的险恶。他们每日的工作,就是陪着梁林深在世界各地旅居、吃喝玩乐。他们每到一个地方,想玩多久就玩多久,十分随性。

如果我的老板有外出计划,我们就必须提前做好规划。如果有会议,则要提前几个小时,策划数个方案。如果不做好规划,就有可能出现很多意外。而梁林深的助理甚至不需要像我们那样提前做好规划。

梁林深的助理说:"梁老不喜欢提前规划,我们每到一个地方,酒店都是临时定的,梁老总是说'惊喜不应该被规划'。我刚给梁老当助理时也觉得不适应,但时间长了就会发现,没有规划的旅行,充满了更多的惊喜与冒险。"

梁林深只规划好了一件事情。他预约 85 岁时执行安乐死,预约安乐死那年他 80 岁。人如果知道自己具体的死期,可能就不会浪费大量的时间,而是每天都用尽全力快乐生活,放下焦虑。

但人算不如天算,规划好的事情,往往存在很多意外,还没有到执行安乐死的年龄,梁林深先生就突发心梗,去世了。

听说,他去世的前一天,上午还在刻章。他原本要刻"玩世不恭",但是"恭"字刻起来太耗时,他下午还有约,来不及刻完。于是,他就把"不恭"这两个字的位置敲掉了,只留下了"玩世"两字,变成了一个不规则的印章。

下午,他午睡过后,邀请了六位好友,她们都是名模,刚刚走完时装秀。在喝下午茶的时候,梁林深向她们展示自己养的鱼和收集的贝壳,还教她们如何侍弄。最后他把那些珍贵的鱼全都送给了这几位朋友。他又准备去下一个地方旅居了。

夜幕降临后,他和他的名模朋友,联合当地人举办了一个篝火狂欢会,邀请大家品尝他的酒。那是他新收藏的红酒,以及别人送给他的威士忌。他喝了很多酒,还让他的助理留一瓶红酒寄给胖胖。他说这红酒很好喝,胖胖一定会喜欢。

宴会结束后,已经凌晨了。他的助理想送他回房间休息,但他说他喝多了,先坐在外面的躺椅上休息一下,等着他们收拾完再一起回去。当助理们收拾干净后,太阳已经快出来了。

助理们打算叫醒他看日出,这时发现他已经去世了。

因为梁林深无儿无女,所以他的遗物都留给了胖胖。他的助理送过来的遗物,有半瓶红酒,还有几本很厚的日记本。他的助理说日记本的内容是可以公开的,里面记录的内容是梁林深在这个世界上发现的快乐与幸福。日记本里面夹着很多东西,有照片,有树叶,甚至还有外卖名片,顺序有点乱,但很简单。

一张玻璃窗的照片,背后记录着:下午在这边晒太阳,惬意。

一张广场的照片,背后记录着:在这个角度看两个小孩儿打架,真是太有趣了。

一张签署安乐死时的照片,背后记录着:拿文件给我签字的医生好美。

外卖名片上,一道粥的名称旁,记录着这样一行字:看落雨时食用。

树叶旁边贴着一张纸条,上面写着一段话:散步时,看见一个男孩儿和一个女孩儿亲吻,我赶紧拿这片树叶遮住眼睛,但还是想偷看。

这样的内容,日记本里有好多好多。梁林深虽然去世了,但是他真正灿烂地活过。

他生前低调,身后也是。他的助理给胖胖送遗物时,我们才知道他去世的消息。这时，他的后事已经处理完了。他的骨灰被撒向了大海，没有发讣告，我们甚至不知道他确切的死亡时间，这一切都遵循他签署安乐死时订立的遗嘱。他在这世上结交的朋友并不知道他去世了，连当天陪伴他的六位名模朋友也不知道。这是他的心愿，他希望在朋友心中，永远活着。

梁林深的助理将他的遗物交给胖胖后，肖先生询问他们：是否需要提供帮助，或者安排工作？

他们拒绝了工作，他们说还有更重要的事情等着他们去做。他们只需要影印一份梁林深的日记。除此之外，什么也没要。

我在帮他们影印时，匆匆翻看日记。

梁林深看起来既潇洒，又有趣。这是他的个人选择，或者说是他做人的一种修行心态。常人拥有的一切，他几乎都没有。甚至在死亡时，身边也没有任何家人。

我想，他那么有趣，一定是一个心思细腻的人。他能爱世间万物，是否也有一个深爱的人呢？

他能在广场上看两个小孩儿打架，会不会也很喜欢小孩儿，可是他却没有子女。

他在世界游历，把这个世界记录得那么有趣，但仍然规划了安乐死。也许对他来说，这个世界有再多的乐趣，也没什么值得留恋。

　　而他留下来的，那些公开的日记本里，记录着他认真对待的那些小美好。这些到底是想分享给谁看的？我翻阅着日记本上的幸福，感受到的却是梁林深的悲凉。他的这种洒脱，也许是重大变故后的通透。

　　我将日记本多影印了一份，打算有时间看看。

十八　当一切应有尽有，人生最宝贵的是什么

中秋节上午，大董带着他的情人韦微来到了梁家祖宅。快一年时间了，大董的情人竟然还是那位帮他做小毯子的女人。Maggie 没有出席，梁安也没有来。

舟车劳顿，大董进门后，便回卧室休息了，他让韦微转告我们，他将与大家共进午餐。

午餐时间，我们在等大董，他不出席我们就无法用餐，这是基本礼仪。

半个小时过去了，大董没有出席。大董与韦微在卧室，没有人敢去询问。大家默默等待，梁先生起身离开了。胖胖先给猪仔吃了一个甜甜圈，随后让他平躺在餐桌上，三分钟后猪仔睡着了。肖先生与 Carina 还在恭谨地坐着。

一个小时过去了，大董还没有出席。胖胖额头枕在猪仔身上睡着了。卡卡靠在椅子上，也睡了。Carina 与肖先生小声交谈着。

这时，梁先生过来了。他说，大董突发心血管痉挛，刚刚

在诊治,现在状态良好。

我们见到大董时,感觉他的气色还不错,精神状态也很好。不过韦微眼眶红肿,明显是哭狠了。站在她的立场来想,大董突发疾病,她的确受到极大的惊吓。如果大董突然去世,那么她原本尴尬的处境,便会从尴尬快速转到危险。

在这种紧急情况下,第一个接到通知的是梁先生。平日里,他并不受大董重视,难道仅仅是因为他懂点医术?

那天仿佛只是个开端。接下来的几天,大董的身体状态时好时坏,大家提心吊胆。直到大董再次突发昏迷后,他决定听从医生的建议,休假,疗养。在胖胖的建议下,大董选择去日本疗养,居住在胖胖提供的地方。曾经,梁先生在日本区工作时也住在那边。

大董让猪仔陪着他一起去,他喜欢猪仔,猪仔也不用上学,有大把时间。为了缓解无聊选择猪仔陪同,在情理之中。

但我没想到,大董竟然指名让我陪同。原因是我在梁先生与肖先生身边都工作过,猪仔也很熟悉我,带我去日本,更有利于与梁先生一家和胖胖一家沟通。

这个消息一出,一片哗然。在我之前,大董曾钦点过两个人陪同他工作,一个是 Carina,一个是肖先生。同事们都说,大董是想让我嫁给梁安做老婆了。

我不信,梁安是日月星辰,他的女人应该是火星、木星、冥王星……

但如果能得到大董的青睐，我将在年底的考核中升任 MD 层级，与老周平起平坐。我已经开始飘飘然了，但我浑然不知。

那天，工作结束后，我们与 Carina 讨论去哪家餐厅用餐。我提到了一家以"卖牢饭"为噱头的网红餐厅，我建议她去尝尝。Carina 神色微变，老周赶忙以工作为由带我出去了。

还没到每日工作复盘时间，老周就对我劈头盖脸一顿痛骂。他已经很久没有这样骂我了。这几日，老周总是怪怪的，我权当他是更年期，嘴上应承，心里毫不在意。

直到老周说："任何看似不合理的行为都有其背后的原因。跟着大董工作，更要夹着尾巴做人，不要以表面现象作为行动的根据，这对你来说，不见得是好事。你以为我嫉妒你吗？十年前，大董留我，我拒绝了，后来 Carina 坐上了那个位置。"

天下熙熙皆为利来，天下攘攘皆为利往。像老周这样的人竟然会放弃功名利禄，除非那不是馅饼而是陷阱。

但我没想到，老周躲过的竟然是万丈深渊。

老周说，Carina 没有抛弃梁先生，那五年的时间，Carina 是在坐牢。

Carina 的爸爸 Thom 是梁家的家庭医生，梁先生婴儿时期就被放在他们家养。梁先生几乎由 Carina 一手带大。但梁先生越长大越依赖 Carina，他们的感情慢慢变了味道，这让大董很恼火。

大董屡屡干预，梁先生频频顶撞。那段时间，梁先生与大董之间的关系闹得非常僵。梁先生对大董的安排嗤之以鼻，对 TC 的事情毫不关心，他只是痴迷于医学研究。这一切，在大董眼里，全是 Carina 的过错。

Carina 这个女人很不简单。她知道，胳膊从来拧不过大腿，再厉害的孙猴子也逃不过如来佛的手掌心。梁先生的身份不允许他自由自在地活着，即便如此，她也选择挺身而出。

Carina 进入 TC 帮大董做事，该做的，不该做的，都做了。功劳记在梁先生头上，污点自己扛。为了让梁先生远离这些蝇营狗苟，Carina 放弃了自己的梦想，扛下了梁先生应当承担的责任。

渐渐地，大董才对 Carina 的看法有所改观。只不过，在外人看来，Carina 只是利用梁先生上位的"坏女人"而已。

自古福无双至，祸不单行。只要有人想陷害你，你就防不胜防。商场危机四伏，暗箭难防，大董一时失误，堕其术中，面临牢狱之灾。好在一些项目出问题，并不能精准定位谁对谁错。危急关头，梁家是离不开大董的，承担罪名的最佳人选是梁先生。但梁先生是 Carina 唯一的软肋，为了不让梁先生受牵连,大董把 Carina 推了出去,Carina 担下这些罪名,对梁先生只字不提。

说来也巧,Carina 就在这个时候怀孕了,可即便如此,大董也没有给她反悔的机会。卡卡能被留下来,并不是因为大董仁慈,而是梁先生在 Carina 离开后,陷入了崩溃边缘,大董需要卡卡作为梁先生的支撑。

为了继续隐瞒梁先生,卡卡出生后,大董安排老周把她放进了弃婴仓。在 Carina 的建议下,老周联系了燃燃。在 Carina 眼中,跟梁先生有关系又好控制的女人,非燃燃莫属。

后来,Carina 回来了。那五年的牢狱之灾是她进入梁家的入场券。

"大董这样做对他有什么好处?梁先生只是他弟弟而已,又不是他儿子?凭什么要这样?"

老周看看我,没再说话。的确,他说得够多了。

一周后,我带着猪仔,陪同大董来到了日本。

不得不说,胖胖真的很会享受。温泉水直接入户,打开窗户可以看见海。别墅内的花园特别漂亮,里面的花皆是胖胖花了大价钱,请多名高级花匠精心莳弄的。不同季节的花在这温室花园里共同绽放。

我暗暗感慨,果然是花花世界,富贵迷人眼啊。

　　胖胖提供的这栋别墅存放着她与肖先生收藏的雪茄与名酒。梁先生那时并不喝酒，所以从没有去过这间收藏室。但大董不仅热爱雪茄，更爱品酒。尽管家庭医生再三叮嘱，但大董仍然喜欢背着韦微抽烟、喝酒。

　　大董自己享用时是悄悄的，在送给朋友时却十分光明正大。梁先生与肖先生一起探望大董时，胖胖珍藏的酒，已经少了一排了。

　　那天，家庭医生照例检查大董的身体，他询问大董是否戒烟。大董回答得十分坚定，说自己已经戒烟了。

　　家庭医生很纳闷。因为报告显示，大董的身体状况比前几日更差，如果这样下去就要更换治疗方案。但是目前这个方案，已经是他们的最佳方案了。为此，他们团队伤透了脑筋。于是，这位家庭医生在征求大董同意后，把他的报告交给了梁先生查看。

　　梁先生也很迷惑，如果已经戒烟了，身体指数还是这样，确实很糟糕。他问大董：“你戒烟多久了？”

　　大董眼神有些飘忽，他原本想顾左右而言他，但看见梁先生的眼神，只能实话实说：“半个小时。”

　　我低头看着地板，拼命忍住笑。看来，这位医生遇见职业生涯里的克星了。

　　大董毫无节制的生活方式，让他的疗养效果收效甚微。

慢慢地,大董几乎不再处理任何工作上的事务,只爱窝在沙发上看二三十年前留下的家庭录像,即便他的一些老朋友来拜访他,陪他聊天解闷,他也总喜欢聊一些往事。

大董的睡眠质量很差。要么睡不着,要么睡着了又时常惊醒。韦微十分心疼,她甚至去学习了助眠法,想要帮助大董提升睡眠质量。

韦微学习一段时间后,决定先在猪仔身上试一试。她把猪仔喊过来,当时猪仔正在客厅里追着他的"小伯"玩。她和猪仔简单解释后,问猪仔:"你愿不愿意接受我的按摩呢?"

猪仔望着韦微,憨憨地点点头。韦微让猪仔先躺在沙发上,耐心等待猪仔安静下来且呼吸平稳后,她又突然想起,应该再增加一个香薰的步骤。

她起身去二楼的卧室拿香薰,来回不到三分钟,当她拿着香薰回到客厅,正准备在猪仔身上试验的时候,走过去一看,顿时感觉又好气又好笑,因为猪仔已经睡着了。

猪仔肯定没听懂什么意思,傻乎乎地以为睡觉游戏开始了,果不其然,秒睡。大董坐在旁边的沙发上,看着整个"助眠"过程,笑得特别开心。

大董轻轻地摸着猪仔的脸,说道:"这孩子长得真像小时候的虎虎,当年我都没哄过虎虎睡觉。"

大董念叨着,这几日他总是提到梁先生的乳名。他起身打算横抱起在沙发上熟睡的猪仔。他的心脏刚做过治疗,医生不建议提拉重物。韦微刚想阻止大董,但是大董看了她一眼,她便明白了,让出通道。

大董缓缓抱着猪仔,坐在窗前的藤椅上。大董坐下的动作稍微大了一点,猪仔也只是哼唧了两声,根本没醒。大董就那样抱着猪仔,坐在窗前睡着了。

阳光下,大董像一位慈祥的爷爷,怀里抱着熟睡的孙子。这幅温馨的画卷,谁也舍不得打扰,似乎一出声就碎了。

猪仔醒来后,还泛着迷糊。早已醒来的大董迫不及待地逗猪仔,问他:"你喜欢什么样的女孩子啊?"

猪仔虽然小,但也明白这是个害羞的话题。猪仔一害羞,或者不知道怎么办的时候,就会用手捂住脑袋。他憨憨的,不知道怎么回答大董。

大董只是略施小计,就得到他想要的答案了。大董看猪仔害羞不回答的模样,就慢慢地念着猪仔朋友的名字,念了两个后就开始装失忆了,念叨着:"还有,还有谁呢?"

猪仔听着就忍不住接着回答,他大声地喊出一个小女孩儿的名字。大董便明白那就是猪仔喜欢的女生。大董继续逗猪仔:"这个女孩子,长什么模样啊?"

猪仔兴奋地说:"她有好大好大的眼睛,像……像……像桌上的比萨。"他说着,眼神已经被韦微端上餐桌的下午茶吸引了。

我们都被猪仔逗笑了，知道他又馋了。大董将猪仔放下去，让他去拿甜甜圈。

大董说："虎虎这么小的时候，就喜欢 Carina。长大后还是那样，我很不理解，一个男人怎么能让女人牵着走呢?"大董看了一眼韦微，又说："我只是没遇见那样的女人罢了，我可是做了不少错事啊。"

韦微向大董递了一杯茶，打断了他的感伤。如果不是老周那天的话，我一定听不出大董言语里的懊悔。

也许是长相相仿的缘故，猪仔吃到任何好吃的食物都会想着梁先生。他刚刚吃到的深盘比萨，上面的芝士可以拉很长的丝。他让我送一个给梁先生。他想和梁先生比赛，看谁拉丝拉得更长。

我与同事们都认为，订送太麻烦了，于是没有送，让留在梁先生身边的同事帮梁先生准备一个比萨。

但同事太粗心了，他准备了一份薄底比萨给梁先生。不过，猪仔与梁先生视频通话时，根本没有意识到梁先生的比萨与自己的不一样。

不愧是憨憨的猪仔，有时候我拿两条同样长度的发绳，一条摆成直线，一条摆成曲线，问猪仔哪个长，猪仔总会选被拉成直线的发绳。即使告诉他两条发绳长度是相等的，下一次让他再选,他还是会选直线长。

但是,梁先生故意提醒了猪仔:"我的比萨和你的是一样的吗?为什么看起来不一样呢?我的看起来更小一点。"

我听到后,心里咯噔一下,猪仔是小孩子,你也是小孩子吗?一个是薄底比萨,一个是深盘比萨,当然不一样啊。明明是逗小孩子的一个比赛,他没发现就罢了,你特意点破干什么呢?一定要让猪仔看出来是不一样的才满意吗?

不对,梁先生不是想让猪仔发现比萨的不同,而是想让猪仔意识到他被"骗"了,他身边的工作人员是会骗人的。梁先生这样的行为,对一个孩子来讲,过于残忍了。也对,都能邀请猪仔看开颅手术了,还有什么事情干不出来。

出乎意料,猪仔看了看两个明显不同的比萨,想了想,肯定地说:"是同一种比萨。这个比萨喜欢你,所以为了去见你减肥装扮了。"猪仔停顿了一下,又接着说:"就像我见你时,也要换上干净漂亮的衣服,因为我喜欢你。"

梁先生笑了,我不知道面对猪仔这样的回答他是该开心还是该伤心。在猪仔的世界里,他相信比萨会减肥,也不相信周围的工作人员会骗他。

日复一日,轻松愉快。但该发生的事情,一件也不会落下。

山雨欲来风满楼。肖先生在处理一项工作时,发生了失误。大董没有指责肖先生,只是说他太累了,需要休息。

这句话意味深长。随着大董身体的日渐衰弱,TC 内部的谣言愈演愈烈。大家伙儿都说大董准备让梁安接任了。梁安是大董唯一的孩子,他的母系一族也是 TC 的股东,如果梁安接班,TC 幕后股东就会由三足鼎立,变成一家独大,吞掉另一方只是时间问题。

但梁安只对日月星辰感兴趣,他真的合适吗?身边的同事们对梁安的性格早有了解,他们都说,大董让肖先生培养梁安,只是为了往梁安身上增添功绩罢了。肖先生工作能力再强,也是这个家的外人,而他现在的成就,功高盖主了。

肖先生这次的失误是由于胖胖临时起意改变了原有决策。如果真是这样,胖胖的决策无异于悬崖勒马。自断经脉,比丢掉性命好。

TC 内部传言,因为这次失误,大董要对肖先生的工作做出调整。果不其然,三天后,大董让我通知肖先生,不必再负责筹备他 60 岁的寿宴了。

大董将这项工作交给韦微负责。表面上看,宴会而已。实际上,肖先生失去了一部分人事调配与资金调度的权力。

韦微负责这项工作后,经常和我一起商讨宴会方案。她计划邀请在大董的不同年龄段,陪同他出席过重要场合的人。

我们猜想大董见到这些人应该能回想起往昔的峥嵘岁月。

韦微让我帮她整理大董保存的照片,想初步拟定一份嘉宾名单。但我们发现,这些照片中只有大董和女人的合照,我以为这只是大董的部分相册。

大董却说:"这些就是全部了。我几乎没有保留过与男士的合照,我留着和那些男人的合照干吗呢?"

大董看到这些照片颇有感触。在他不同的年龄阶段,身边陪着的女人各不相同,连类型也不同。

韦微问:"男人在不同年龄阶段喜欢的女人一样吗?"

大董说:"当然不一样。男人小时候喜欢看脸,大一点看胸,再大一点看臀,长大后的喜好才是各有千秋,有的喜欢看微表情,有的喜欢看发质,有的喜欢看皮肤,有的喜欢看水润度,有的喜欢看处事方式或者性格。"

我十分疑惑地问大董:"男人成熟之后就不关注五官和身材了吗?"

大董诧异地看着我:"这是叠加关系,不是割裂的。"

果然,人越长大,要求越高。

大董翻看那些老照片,时不时会给我们讲几句照片背后的事情。他会指着某张照片上的女士向我们介绍,告诉我们她是谁,是什么身份,他们是如何相识的。但这种情况绝对是少数,照片中的大部分女人,他都记不得了,只能依稀记得发生的事情。

看着那些照片中年轻时的大董,何等意气风发。其中,令我记忆深刻的是他30岁左右的照片,这段时间的照片大多是在香港拍的。合照里的女生都非常漂亮。岁月从不败美人,几十年前的旧照片,现在仍然能让人感受到那些美人惊人的气质。

我感慨了一句:"香港美人真多啊。"

大董说:"确实是这样。那时候这里汇聚着许多国家的美人,并不只有本地人。"

我说:"现在信息交流更快速便捷了,在互联网上,越来越多的美人被发现了。"

大董摇头说:"还是那个时代比较多。互联网上的那些女人,没有独特气质就算了,长得还千篇一律。我当时就是虎虎现在的年龄,如果我出生在虎虎这个时代,那就生不逢时了。"

大董说完后,又否定了自己的观点:"虎虎不会生不逢时。"

韦微问:"怎么说呢?"

我以为大董会说梁先生多么专情,谁知大董道:"虎虎这年龄啊,他要喜欢没穿衣裳的女孩儿可以理解,但是他喜欢没皮肤的,看病人X光片。30岁的头骨会比60岁的性感吗?所以对虎虎来说,都没差别。他一点儿也不像我。"

大董时不时就会说上一句梁先生不像他。弟弟而已，又不是儿子，梁安更不像他，也没听大董提过。

大董的那些照片充满岁月的痕迹，翻过一沓照片就可以看出，大董慢慢变老的过程。大董说："我感觉身体的顶峰是50岁，50之后连眼睛都没有之前好了。"

我想起来我妈，她就是50岁左右患上了飞蚊症。但我没料到大董说："我的这双眼睛看到现在的女人，都觉得没有之前的好看了。"

韦微笑了。韦微是大董遇见的比之前的那些女人更美好的女人。我第一次看见韦微时，她给我的感觉就是一个字：软。虽然她看起来很瘦，但脂肪含量却很高。那天，大董让她看一个东西，但是她没看见。于是，大董就捏了一下她的脸颊，把她的脸掰到那个方向。这一捏，把她脸上的肉都捏起来了，她脸颊鼓起的肉比猪仔脸颊上的肉还要多，差一点让我笑出声。

韦微的脸有种寡淡美，她笑起来的卧蚕把她的脸衬得人畜无害。我见过许多装天真的女人，但通过这段时间与韦微的相处，她给我的感觉是在装成熟。在大董面前，她像是一个原本清纯的人，却非要假装性感、妩媚。像一个偷穿大人高跟鞋的小孩子，有种违和感。她的这种性感恰恰就在于她的不熟练。

虽然韦微与燃燃的性格和气质一点也不同,但每次看到她我都不自觉地想起燃燃。她们看起来都像是会犯错的女人。韦微与 Maggie 就更加不同了。Maggie 的气质太清冷太强大,Maggie 对自己的儿子梁安都有种疏离感。

Maggie 很少参与大董举办的宴会,我只见过一次,在饭桌上,大董在尝试讨她欢心,可以看出 Maggie 看大董的眼神是有笑意的,但她嘴上什么也不说。每个人都希望有快乐的源泉来温暖自己,可是时间长了,这个能量会耗尽。就像用手捂着一块石头,石头暖了,但手凉了。之前我希望我的伴侣是一个有趣的能逗我开心的人。但现在想想,我希望自己变成一个开心、有趣的人。如若不然,我就会变成 Maggie。大董给 Maggie 带来温暖,但是他也会有"凉"的时候,而韦微是能给大董带来温暖的人。

大董虽然年纪大了,但骨子里仍然十分浪漫,他会在韦微生日的时候,送给她一枚有百年历史的戒指。也会在短暂离开的时间里,每天手写小卡片送给韦微。即便有时差,为了保证第二天早上韦微可以看到,大董的助理会亲自送来,将其放到她花房里的桌子上,她用早餐时,便会看到。有时候,卡片上面只是简单地画一个调皮做鬼脸的小人脸。韦微习惯后,到了收卡片的时间,就会去花房。有一次,她没有找到卡片,却找到了大董。大董足足等了她四个多小时,只为看见她那一瞬间惊喜的表情。

我想，大董年轻的时候，一定特别会讨女生欢心，梁先生哪怕学到一点点也是好的，至少不会让别人打开礼盒后，发现里面是冰鲜的死鱼。

事实上，我很羡慕韦微。有些女人向上社交，与有权势或富贵的人交往，并不是为了一条项链、一辆车、一套房子，她们的目光十分长远，那点儿财物她们根本不看在眼里，她们想要的是自我实现的机会，这才是最奢侈的。比如 Carina，她可以随意使用梁先生的资源，做任何她想做的事情。比如韦微，她想做什么，都有大董指点。

即将迎来圣诞节，我们启程返回瑞士。大董的身体并没有因为疗养而好转，反而每况愈下。他亲自处理工作的时间越来越少，几乎不见工作人员，他不喜欢再用眼睛看那些烦琐的文件，连上报的文件也几乎不看，均由韦微负责处理。

工作人员只需将文件交给韦微，再将文件的主要内容告知韦微。最后，由韦微向大董简述，等他拿意见。

韦微对大董陈述的内容我们一概不知。从一些事情的反馈来看，我们告知她的内容，与她转告给大董的内容，是有出入的。

她并没有恶意使坏，只是偷工减料。每次向韦微汇报文件内容，我都能想到我家附近的小面馆，我告诉店员，要一碗葱花面，不要香菜，多放葱，要细面。我问店员记住了吗，店员说记住了，然后转头给厨房说要一碗葱花面，其他什么都没说。

这造成了梁先生与肖先生接二连三的工作失误。内部传言，下一年度，大董将对他们两家的股权进行调整。

我无暇顾及这些。之前，我填写的竞聘 MD 的申请书被批准了，我获得了竞聘 MD 层级的资格。这个资格意味着我可以进入梁家祖宅的档案室，这里存放了 TC 近百年来的原始资料。本次晋升测评的一个环节，就是从近百年的项目中随机抽取一个已做过的项目，在两个小时内，找出项目漏洞，形成综述向老板汇报。

一个项目的原始材料，两个小时我连翻阅都翻不完，这就需要对容易出漏洞的地方心知肚明才行。老周在晋升 MD 时也有这项考核，不过他当年的考核有范围。有范围就好办，实在不行还可以用笨方法，把范围内的项目漏洞背下来。可是，我面对近百年的项目，怎么可能背得完呢？

凌晨 2 点 13 分，我结束了一天的工作后，又进入了档案室。梁先生应该也刚忙完，他站在门口，向我摆手。我并不想理他。我怕听到他说"不想活也没关系"之后，真的做出什么傻事。

"您有什么需要?"我走了出去,向梁先生打招呼。

"你没听过愚公移山的故事吗?"

我已经很累了,一点也不想再听鸡汤了。我说:"我会不畏艰难、坚持不懈、继续努力的。"

梁先生用看傻子一样的眼神看着我,说:"愚公移山的故事告诉我们,你要学会感动天神。"

愧对我的语文老师。

第二天,我向 Carina 请教。我再次感受到了 Carina 的魅力,她寥寥数语就能解决困扰我很久的问题,令我醍醐灌顶。可是那些项目实在是太多了,我根本看不完。

我又去骚扰老周,毕竟他有参加 MD 竞聘的经验。当我看到他时,他一副焦头烂额的模样。我还没开口,他就递给我一份文件:"待会儿把这个报表做一下,钱已经打到账户上了,你核对一下。"说完,他动作缓慢地坐到椅子上,抬手捏了捏自己的眉心,看起来又是连轴转的一夜。

老周交给我的账目表是助理部门的"小金库"私账。我心里不禁有点窃喜,因为每次小金库入账也就代表着我们又能喝汤了。

但我只看了一眼,就赶紧合了起来,定了定神,又把它拿到眼前看。资金过于庞大,我不敢相信自己的眼睛。

如果是以往,老周看见我此时的表情,一定会顺势开几句玩笑,但是今天完全没有,更没提让我们"分赃"的话茬。难道这笔钱来路不正?

老周递给我一杯咖啡,说:"燃燃自杀了。"

我愣在原地,我不相信。

老周走了,我不知道我是如何与他告别的。我只记得他说燃燃全部的遗产都留给了梁先生。Carina 担心梁先生难过,就没有告诉他,这就是"小金库"涌入大量资金的原因。

我站起身,甚至想要去找 Carina 算账,我不知道她做错了什么,我只想把怒火撒在她身上。可是她为了梁先生付出了五年的自由,以及自己救死扶伤的梦想。我以为工作久了,前方的道路就越来越清晰。但是现在,我什么都看不到了,我不知道该往哪里走。

老周让我去燃燃的住处,选一些有纪念意义的东西带走。Carina 过几天,就会把那里拆除重建。他担心,梁先生知道这件事会后悔。

几天后,我踏进了燃燃的房间,这里已经被清理过了,空气中连一点残存的味道都没有。

客厅内有一个镶嵌柜,与这空荡的房间显得格格不入。我拉开柜门,只有角落有一瓶昂贵的红酒,我拿起来一看,是瓶假酒。应该是来这里清理的工人把真酒偷换掉了。想到这里,我的眼眶红了起来,我把酒放回原位。

衣柜里还整整齐齐地挂着她生前的衣物,我的手一点点划过每一件衣服,脑子里回忆起和她接触的点滴。最后我停在了一双红色的舞鞋前,除了梁先生,她最爱的便是跳舞了。我见过她跳舞的模样,足尖点地,曼妙的身子摇曳,笑容灿烂。

我拿着舞鞋,回到客厅,拿出刚刚那瓶劣质的酒,有股刺鼻的酒精味,看着上面印着的洋文,讽刺地笑了笑。明明我们的关系没有那么好,甚至我还觉得她是个麻烦,麻烦离开了,我却难过得不得了。

这个麻烦,为了梁先生耽误了自己的一生,放弃自己热爱的,只求能够在梁先生身边,即使是照顾这个男人和别人的孩子,也无怨无悔。可惜落得这样的下场,果然是个傻子。

原本,我想带着燃燃的舞鞋离开,但最后,我带走了那瓶假酒。以后想犯傻的时候就喝一口。

我关上了房门,这里再也不会有人打开了。

三天后,房子被拆掉了。燃燃留下的钱被老周拿去投资了,遗产就变成了投资收益。老周从这笔钱中取出一部分,给工作人员分奖金。

大家都很开心,没人记得燃燃,我也不记得。

我开始用工作麻痹自己,我想这也是一种成长。三年前的我,只知道用酒精麻痹自己。我开始全身心准备升职考核的事情,无暇顾及其他人的遭遇。

晚上,猪仔探出头,对我说:"水。"

想喝水了吗?猪仔又用双手捂住脑袋嘀咕了半天"水"字,又说:"游泳。"

游泳时喝水了吗?太正常了,你整日里傻乎乎的,你不喝水谁喝水,我没理猪仔。

这时,猪仔把手从脑袋上放下来了,他对我说:"最善泳者,忘水。"他说完就跑开了。

这哪里是一个孩子会说出的话啊,即便会也不可能是猪仔这样的笨小孩。这是有人想借他的嘴,提醒我。

这个人是谁?他想让我做什么?关于这次考核,无论我问 Carina,还是老周,他们都认为考核内容不可思议。毕竟 TC 想要的不是一个人形谷歌,现在随便一个智能机器人都可以对这些资料进行检索,那为什么要我查看这些资料呢?

上次见 Carina,她就建议我从近几年的资料开始查阅。这次考核的内容是针对项目漏洞提可行性建议,如果我从近几年的项目中发现漏洞,就有可能对现在当权的人造成威胁。所以说,他们是想借刀杀人。

这是想杀谁呢?上次被送进去的是 Carina,这次又是谁呢?肖先生吗?我开始从我接触的工作入手,果然让我发现了猫腻。

　　肖先生经手的项目大多成绩斐然,这些功劳都被记在梁安头上。可是,有几个项目发生在他上任之后高管变动的时期,这几个项目的法务问题不清不楚。新高管上任之后就把这些问题搁置了,现在把这些问题汇总在一起,很够梁安喝一壶。

　　梁安要是一个争权夺利的人,那么成王败寇,罪有应得。可是,他是教会我辨识猎户座的男孩儿啊,他什么也没有做。

　　一周内,大董被抢救了两次,即便这样梁安一次也没有来探望过,仔细想想,我已经快大半年没见梁安了。说来也怪,大董也从未提到过梁安,反而整日里把梁先生挂在嘴边。

　　大董到底想做什么呢?肖先生呢?他是故意的吗?我都能看出来这些漏洞,Carina 会看不出来?

　　从近几年的项目入手是她给我提供的方向。大董想把位置传给梁安,解决梁安,就解决了一切。Carina 这个为了梁先生坐牢的女人,她会放弃这个机会吗?

　　我拨通了梁安的电话,但没有人接。幸好没有。如果他接通了,我真不知道给他说什么。如果我告诉他,吃亏的就是梁先生与肖先生一家。如果我不告诉他,他可能要面临牢狱之灾。

　　我看着眼前的材料,仿佛在看动物世界。每次看到动物之间的厮杀,我都在想,拍摄视频的人类为什么不去帮一把被猎杀的小动物呢？但这就是丛林法则，帮了一个就害了另一个。

我起身走出档案室，迎面碰见了韦微。她请我帮忙预约梁先生与 Carina 的时间。她想把寿宴策划的工作挂在梁先生名下，如果大董知道寿宴是梁先生策划的，会很开心。

我问："不应该挂在梁安名下吗？"

韦微说："你还没有看出来吗？"

我隐约知道她想说什么，大董接连几次犯病，最先召见的都是梁先生，我只是不敢确认罢了。但我没想到韦微会大方地给我讲一个故事。

故事里，梁先生是大董的儿子，但直到现在大董也记不起梁先生的妈妈是谁。大董需要与 Maggie 结婚，他不能有污点。大董的妈妈刚给他生了个妹妹，再多个弟弟也无妨。所以，梁先生就成了大董的弟弟。大董与 Maggie 结婚了，他们代孕过一个小孩，但被人动了手脚。梁安不是大董的儿子，也不是 Maggie 的儿子，但他是 Maggie 一族的血脉。

韦微的话，让我想起了大董在日本疗养的那段日子。

那时，大董一有空闲就沉浸在那些二三十年前留下的家庭录像里。但凡有梁先生的镜头，他都舍不得错过一秒。即便录像里，三四岁的梁先生正酣睡如饴、一动不动，大董也看得津津有味。有时，大董抱着猪仔，也会错喊成梁先生的乳名

"虎虎"。

后来，大董的身体日渐衰弱，他对那些家庭录像甚至达到了痴迷的地步，倘若有一日不看，他便夜不能寐。

大董只愿意活在往昔的日子里，享受那些他错过的温暖。他喜欢看着这些录像，给韦微讲往日的种种。有时，我也在一旁倾听，大董的言语里，总是饱含着对梁先生与 Carina 的亏欠。

那晚，韦微跟我说了很多，这些话她本不该说的。如果真像她说的那样，大董对梁安下手更不会手软了。

我不停地追问自己，试图找到一个突破口。难道就没有其他办法吗？韦微为什么要告诉我这个？

因为大董想让我知道。他想让我当对付梁安的那把刀，由我揭露那些漏洞，送梁安进监狱。

我应该怎么做？

老周说过，不要以表面现象作为行动的根据，不如找大董谈谈。"杀牛焉用鸡刀"，更何况是我这把钝刀。可是，如果我迈出这一步，就相当于递交了一份辞呈。

不由自主地，我的眼神飘向了酒柜。我从中取出了从燃燃家里拿出的那瓶假酒，一口一口地吞咽着，眼泪随着我的大口吞咽被我吃到了嘴里。

我走进大董房门的时候,他坐在窗前的躺椅上,窗外下着雨,他看着窗外发呆。我走进去时,他扭头看我,那种一瞬间来不及收回的眼神里有种孤独和无助。他两鬓已经斑白了,还是舍不得放下手中的权势。

我想起大学毕业时,我最敬慕的意大利语教授为我们布置的最后一道思考题:当一切应有尽有,当你可以随心所欲,那人生最宝贵的又是什么?

我把这个问题抛给了大董,大董说:时间。

很多人的时间是无法自由支配的,一辈子都无法自由支配。小时候被家人安排,稍大一点被学校安排,长大是工作,之后是责任,老了会被禁锢在自己的身体里。当时间不自由的时候,这个人就在监狱里了。

人,尽是他乡之客,只是暂居在世上而已。

他说:"我老了。"

我把手中的资料递给他,大董没有看,他已经很久不用眼睛来看材料了。我长话短说,希望他能保持之前的平衡,不要对梁安赶尽杀绝,这样大家相安无事。

大董说:"梁安已经在监狱里生活好久了,那孩子从没求过我什么,他想安静地研究他的日月星辰。虎毒不食子,他也是喊过我爸爸的。"

大董说完,又向内屋喊了一声:"虎虎。"

梁先生竟然也在？我一定做了傻事。

大董拿给我一个手机，手机是梁安的，上面显示的电话号码是我打给他的。

大董说："这才是我对你的考核。老周告诉你的事情，韦微告诉你的事情，都是我让他们告诉你的。你敢为了燃燃调岗，敢为了猪仔质疑我，敢为了他们来找我谈判。星星，头脑只是名利场的入场券，要走得远还要有良知。有你这样的女人在虎虎身边辅佐，我才放心。"

良知？你口中的良知是为了成全你们，牺牲我吗？我这样的女人又是什么女人？是像燃燃那样为了梁先生放弃生命，还是像 Carina 那样为了他去坐牢？

她们的爱太纯粹了。幸好，我的爱很复杂，我不仅爱钱，我还怕死。

钱在哪儿不能赚呢？赚多少算够呢？连续的几次升职我都只有在得知结果的那一刻最开心，往后便陷入更深的深渊。你凭什么认为我会为你们卖命？人心不足蛇吞象，我不会再为你们牺牲自我了，绝不会。

我说："感谢大董赏识，我会尽全力的。"

我真是疯了。老周教会我要降低言语的浓度与纯度，但我现在只会讲"水"话。水有什么不好，水善利万物而不争。

我和梁先生离开大董的办公室，天已放晴，恍如隔世。

我说："梁先生,您还记得上次考核时,您对我说的话吗?我是说,我想休息一段时间,只是比较长。"

"想离职是吗?"

直接向他提离职,万一找不到合适的工作怎么办?那岂不是把自己的路堵死了?那又如何呢?老天爷饿不死瞎家雀,我没工作的时候也很快乐啊。我不知道自己在害怕什么。以前,我没有工作的时候,都不会妥协。难道我增长能力是靠消耗胆量吗?房子、车子、票子,我现在都有了。原来,我拥有的东西也在占有我。

我说："是的。"

他说："好。"

没有拒绝,没有挽留,甚至连交接工作的话都没提。我在期待什么?每年像我这样从大学拥入劳动市场的有几千万人。我有什么特别的呢?

在 TC 第一年的日子是按天过的,第二年的日子是按月过的,第三年一闭眼就结束了。

曾经,我最敬慕的意大利语教授让我在今后的生活和工作中多问问自己:人生最宝贵的又是什么?

不同的人在不同的时期,面对不同的境遇会有不同的答案。我曾以为人生最宝贵的是一份可以糊口的工作,一段人与人之间的温情,一种所向披靡的能力……

但是又有什么比快乐更重要呢?

那棵意大利伞松下,猪仔正吹着泡泡奔跑着,他快乐得好不真实。我不想要有钱人的快乐,我想要孩子般的快乐。

我走的那日,我想梁先生应该在森林里和 Carina 骑马,胖胖应该在偷吃甜点,肖先生应该在向大董汇报下周的工作,韦微应该在为他们泡茶。老周和同事们应该在出差,他们都没来送我。

我只看见了猪仔,他像送别他的小狗一样,坐在门口的石礅上向我招手,祝我好运。

图书在版编目(CIP)数据

看见金字塔尖上的人:我给亿万富豪当助理/诞世著.
--郑州:河南文艺出版社,2023.7
ISBN 978-7-5559-1532-4

Ⅰ.①看… Ⅱ.①诞… Ⅲ.①长篇小说-中国-当代
Ⅳ.①I247.5

中国国家版本馆CIP数据核字(2023)第097590号

策　　划　　杨　莉　王　宁
责任编辑　　王　宁
责任校对　　赵红宙
书籍设计　　张　萌

出版发行	河南文艺出版社	印　张	9.5
社　　址	郑州市郑东新区祥盛街27号C座5楼	字　数	158 000
承印单位	郑州印之星印务有限公司	版　次	2023年7月第1版
经销单位	新华书店	印　次	2023年7月第1次印刷
开　　本	889毫米×1194毫米　1/32	定　价	60.00元

印厂地址　郑州市高新区冬青西街101号
邮政编码　450000　　电话　0371-63330696